|豫见河南丛书|

在河之南
——中原名诗

黄福安 著

中原出版传媒集团
中原传媒股份公司
大象出版社
·郑州·

图书在版编目(CIP)数据

在河之南 : 中原名诗 / 黄福安著.— 郑州 : 大象出版社, 2018. 6
("豫见河南"丛书)
ISBN 978-7-5347-9766-8

Ⅰ. ①在… Ⅱ. ①黄… Ⅲ. ①古典诗歌—诗集—中国 Ⅳ. ①I222

中国版本图书馆 CIP 数据核字(2018)第 071362 号

"豫见河南"丛书
ZAI HE ZHI NAN
在河之南
——中原名诗
黄福安 著

出 版 人 王刘纯
策　　划 杨秦予
责任编辑 张韶闻
责任校对 安德华
书籍设计 德浩设计工作室

出版发行 大象出版社(郑州市开元路 16 号 邮政编码 450044)
发行科 0371-63863551 总编室 0371-65597936
网　　址 www.daxiang.cn
印　　刷 洛阳和众印刷有限公司
经　　销 各地新华书店经销
开　　本 787mm×1092mm 1/16
印　　张 10
字　　数 174 千字
版　　次 2018 年 6 月第 1 版 2018 年 6 月第 1 次印刷
定　　价 25.00 元
若发现印、装质量问题,影响阅读,请与承印厂联系调换。
印厂地址 洛阳市高新区丰华路三号
邮政编码 471003 电话 0379-64606268

踏歌而行

王钢

（王钢，著名作家，享受国务院特殊津贴专家）

对诗的挚爱，有多少种方式？

在黄福安身上，我看到的是追觅，是一名游子返身飞奔扑回故乡的追觅。仅仅吟诗还不够，仅仅写诗还不够，他追觅古人，追觅古诗，渴望一直上溯到诗歌的源头，搜寻中国诗歌天幕上的河南星座，与那些迷人的故事传说共生，与那些伟大的祖辈先贤同行。

他出版《在河之南——中原名诗》，是缘于一种缺憾。关于河南古诗词，关于河南古诗词大家，已经有不少专著文章从不同侧面、不同角度进行过研究和介绍。但是，他想寻找一本全面汇总、介绍河南古诗词的书时，愿望落空了，这使他萌生了填补空白的念头。

作为相识多年的老友，我知道作者是一位诗人，也是一个痴人。本是一个工科男，却迷恋诗歌，用情深重，连性格也浸润了诗人气质。他曾长期从事一家央企的新闻宣传和一家专业报社的工作，业余写些新诗、旧体诗，见诸报端，并出版了诗集《春音秋韵》。近几年得闲了，他向诗歌彻底张开了浪漫的怀抱，而且，越往中原诗坛的历史深处探幽，痴迷的目光越是不肯松开。所以，当他将撰写《在河之南——中原名诗》的计划告诉我时，我是支持他的，也充满期待。

这是一件有意义的事，却不是一件容易的事。河南是中华文明的一片最本色的国土，是中国文化的一个最诗意的故乡，从《诗经》开始，这片原野就被诗歌的乳汁浸润着、滋养着、哺育着。在黄河两岸，在中原大地，诞生了那么多杰出诗人，产生了那么多灿烂诗篇，往来了那么多名流大家，流传了那么多美谈佳话，简直密如繁星，浩如烟海。如何从大量史籍中寻找、发掘、撷选河南古代具有代表性的诗人诗作，搜集相关历史素材，想来是十分困难的。两年来，作者朝夕惕厉，博观约取，不忘初心，奋发努力，《在河之南——中原名诗》今日终将付梓。

这本书梳理了河南古诗词的地域脉络，可谓一本河南古诗词地图，从中可以了解古代著名诗人的足迹，历数散布于中原大地的古诗词珍品，把握中原古诗词的发展轨迹。同时，这本书还介绍了河南古代诗词大家的成就和艺术特点，从中可以了解中原古代诗人的概貌，为诗词爱好者提供导引，为诗歌研究者提供借鉴。作者尝试用通俗的语言介绍古诗词，流畅幽默，颇有情趣。虽然这本书还算不上一本学术专著，难免还存在舛误，但毕竟为人们了解河南古诗词打开一扇窗，值得一读。

我并不懂诗，然而面对作者这一份对中国诗歌的深情、这一份对河南文化的热忱，勉力为序，以示敬意。

每片土地都闪耀着诗的光辉

寇宝刚

（寇宝刚，文艺评论家，河南省作家协会会员，许昌市作家协会副主席）

中原大地，沃野千里，长河滔滔，高山巍巍。正是在这片山河间，燃亮了中华民族的第一缕文明曙光，也诞生了凝聚人类最高情感的诗歌。中原厚土流淌着文明精华诗词歌赋的血脉，正是在一以贯之的诗歌精神的灌注下，使得中华文明闪烁着人们情感的光华。

我们诗意地栖居在文明的摇篮里。然而，我们在诗的奢侈装饰中，在物欲的袭扰中，可能对诗迟钝了、麻木了，甚至遗忘了诗的存在。黄福安先生在撰写《在河之南——中原名诗》时，披沙拣金，慧眼识珠，在诗词的汪洋大海中，为我们打捞出了最为闪耀的珍珠，唤回了我们对诗的记忆，使我们猛然醒悟，原来我们生存在诗的环绕之中，我们司空见惯的物象之中竟然蕴含着诗的灵光。当你看到诗歌史上那些伟大的诗人曾经与你擦肩而过，那些经典诗篇就诞生在你家门口时，心头涌入的一定是诗一样的美妙情怀。

德国诗人荷尔德林的《人，诗意的栖居》，经过哲学家海德格尔的深入阐释，成为现代哲学的重要命题。“如果人生纯属辛劳，/ 人就会 / 仰天而问：/ 难道我 / 所求太多以至无法生存？/ 是的。/ 只要良善 / 和纯真尚与人心相伴，/ 他就会欣喜地拿神性 / 来度测自己。/ 神莫测而不可知？ / 神 / 湛若青天？ / 我宁愿相信后者。/ 这是人的尺规。/ 人充满劳绩，/ 但还 / 诗意地栖居在这片大地上。/ 我真想证明，/ 就连璀璨的星空也不比人纯洁，/ 人被称作神明的形象。/ 大地之上可有尺规？ 绝无。”海德格尔大概是这样阐释的：如果我们把这多重之间称作世界，那么世界就是人居住的家。就人居于世界之家这一尺度而言，人应该响应这种感召，为神建造一个家，为自己建造一个栖居之所。如果人作为筑居者仅耕耘建屋，由此而羁旅在天穹下大地上，那么人并非栖居着。仅当人是在诗化地承纳尺规之意义上的筑居之时，他方可使筑居为筑居。而仅当诗人出现，为人之栖居的构建、为栖居之结构而承纳尺规之时，这种本原意义的筑居才能产生。只有当诗的发生和出场，栖居才会发生。

非常幸运的是，我们栖居的这片大地，角角落落里，都伴随着诗人的出场，都是诗的发生地，都生长出了诗的经典。这里的每片土地都有诗人眷顾的回响，每座山川都有诗人攀登的迹痕，每条河流都映照过诗人的倒影，处处风物都留下了诗人的体温。我们就这样诗意地栖居着，却往往来去匆匆浑然不觉。《在河之南——中原名诗》是河南的诗词地理志，你会突然发现，无论你在豫州大地的哪一个处所，原来都有着光华四射的诗的浸润。

在河南这块诗歌宝地上，至今还没有一部系统地标识诗歌坐标的书。黄福安先生的不懈开掘，为我们呈现了一幅河南诗词的地图，填补了出版的空白和阅读的缺憾。这样一部书，对于爱好诗词的读者大有裨益，而对于黄福安先生来说，是萦绕已久、多年夙愿的实现。

这是一部很有特点的有关河南各地、著名山川的古诗词地理志。在地域空间上，以今系古，古今贯通，蹚卫河、跨黄河、涉颍河、渡淮河，攀太行、爬嵩岳、望伏牛，中原版图尽收眼底。在时间空间上，以诗系史，从远古传说到秦汉唐宋，纵横捭阖，通古变今，展现了诗的丰富发展和审美历程。每篇文章抓住某一地域特征，突出其最为璀璨的历史文化标志，在诗海中发现，择其要略，为其串起一挂由诗串起的项圈，编织了一顶诗的花冠。

作者在对具体诗人的选取和诗篇的解读中，尤具匠心和胆识。以三千年诗史为鉴，发前人之所未见，畅抒独家情怀，独辟蹊径，挖潜诗人及诗篇价值。作者尤其关注游离于大众视野而又具有一定创作成就的诗人，这些诗人流传作品寥寥，几乎不为人所知，埋没在荒草野径中，但他们在诗的星空中发出了自己的光华。作者以诗人之心，体察个性，生发联想，感叹诗人命运的多舛，随处可见作者的智慧和性情。

当你翻开《在河之南——中原名诗》，你看到的不仅仅是诗词，还有你的家园、你的故土、你的根脉。

致读者

嵩岳巍巍，大河汤汤，华夏根脉，文化滥觞。

河南文化灿烂，是诗词的故乡。在中原大地上，产生过《诗经·国风》中的《周南》《邶风》《鄘风》《卫风》《王风》《郑风》《陈风》《桧风》等光辉篇章，诞生过“诗圣”杜甫、“诗魔”白居易、“诗豪”刘禹锡、“诗鬼”李贺，以及沈佺期、崔颢、岑参、韩愈、元稹、李商隐等唐代著名诗人，岳飞、史达祖、贺铸、朱敦儒等宋代著名词人。

河南历史悠久，是中华文明的发祥地。伏羲在淮阳建都，黄帝在新郑兴业。郑州是3600年前的商代都城，安阳是著名的商都殷墟。洛阳为十三朝古都，开封为八朝古都。商丘是梁宋故都，南阳是东汉陪都，许昌是曹魏古城。河南这块热土吸引着来自各地的诗人，“诗仙”李白、“诗佛”王维、豪放派代表词人苏轼、婉约派代表词人柳永和秦观等，他们寻梦而来，踏歌而行，留下了许多美好诗篇。

我青年时期虽然爱好诗词，但苦于没钱买书又找不到介绍古诗词的书籍，所以读过的古诗词并不多。后来读工科，入电力行业，忙工作，求生计，也没有多少时间读诗写诗。近几年逐渐从工作岗位上退下来了，也有时间读书了，读诗写诗又成了我的爱好。在学习古诗词的过程中，我特别关注河南古诗词，想找一本全面介绍河南古诗词的书，却没有找到。因此我想，能不能尝试编写一本介绍河南古诗词的普及性读物？于是，我就在网上注册了一个公众号，边读边写，开始推出一些介绍河南古诗词的文章。

这几乎是一个不可能完成之举。河南有那么多的诗人，写河南的诗篇有那么多，怎么找、怎么选、怎么写，做起来很难，总觉有不能承受之重，压力很大。然而这是一件很有意义的事情，虽然自己的水平不高，能力有限，但我还是要努力去做。我基本上按照两条线去写：一条线是地域系列。从河南18个地市中选取了一些古城，加上有文化承载的水系山脉，然后选取此地此山此水此城有代表性的古诗词，梳理脉络，给读者提供一个粗略的诗词地图。另一条线是诗人系列。选取历史上河南籍的著名诗人，或在河南留下诗词较多的外地著名诗人（主要是唐宋时期的诗人），对他们的代表性诗作和个性特点作一介绍，使读者对他们有一个初步的了解。在介绍他们的诗词时，有选择性地提供完整的诗篇，以方便读者查找和阅读。古诗词年代久远，有我们不熟悉的写作背景，当时人们常用的典故、熟知的人物地点等，现代人不好理解，释译工作很难。因此，我一般不作详细的诗词注释，只作简单的点评，以帮助读者阅读理解。

读古诗词是一件枯燥的事情，为了引起读者的阅读兴趣，我尝试写得幽默一些，努力增加趣味性。其实，读诗词是一件快乐的事情，只要读进去，就会有快乐、有收获。

写这些文章的过程也是我本人学习和提高的过程，使我对河南古诗词有了一个较为全面的了解，对古诗词更加热爱，对中原这块热土更加热爱。在写作过程中，我查阅了许多资料，大量参考借鉴了他人的研究成果，谨向各位专家学者表示感谢。河南省作家协会副主席、著名作家王钢老师给予热情鼓励并拨冗作序，好友宝刚撰写了书评，谨向他们表示感谢。

由于本人水平有限，又资料不全，难免错误百出，挂一漏万，贻笑大方，请各位专家和广大诗词爱好者批评指正。这46篇介绍河南古诗词的文章，只是推介性的文章，不是学术专论，不具权威性。但若能抛砖引玉，提供借鉴和引导，则善莫大焉！

2017年秋于荷风堂

目录

文化河南，诗词沃土

河南历史悠久，文化灿烂，是中华文明的重要发祥地。三皇五帝在河南留下了众多历史遗迹，伏羲建都于淮阳，黄帝兴业于新郑，颛顼、帝喾二帝葬于内黄。从夏代到宋代的3000多年间，河南一直是我国的政治、经济和文化中心。历史上先后有20多个朝代建都于河南。八大古都，河南有其四。郑州是3600年前的商代都城，洛阳为十三朝古都，开封为八朝古都，安阳是著名的商都殷墟，是甲骨文的发现地。

诗有特殊的格式和韵律。按音律分，可分为古体诗和近体诗两类。古体诗有《诗经》、楚辞、乐府、汉赋、南北朝民歌等。近体诗一般分为绝句、律诗、排律，有五律、五绝、七律、七绝等。古体诗和近体诗的区分概念是唐代形成的。按内容分，诗可以分为叙事诗、抒情诗、送别诗、边塞诗、山水田园诗等。

唐朝是中国诗歌发展的黄金时代。强大的国力、兼收并蓄的文化精神和丰厚的文化积累，为唐诗的繁荣创造了充分的条件。众多杰出的唐代诗人把中国的诗歌艺术推向巅峰。今天可考的唐诗诗人有3700多人，可见存世唐诗54000余首。初唐代表诗人是“初唐四杰”：王勃、杨炯、卢照邻、骆宾王。盛唐诗人以浪漫主义诗人李白和现实主义诗人杜甫为代表，李白和杜甫被称为“李杜”。此外还有王维、孟浩然代表的田园诗派，高适、岑参代表的边塞诗派。中唐诗人以白居易、刘禹锡、李贺等为代表。晚唐诗人较著名的有温庭筠、李商隐、杜牧、韦庄等，其中李商隐和杜牧被称为“小李杜”。

词始于南朝梁，形成于唐，盛于宋，故称宋词。宋词和唐诗并称文学双绝。《全宋词》共收录宋词1330多家近两万首，有800余调，2300多写体。宋词基本分为婉约派和豪放派两大类。婉约派的代表人物有李煜、欧阳修、柳永、晏殊、晏几道、李清照、秦观等，豪放派的代表人物有苏轼、岳飞、辛弃疾、陈亮、陆游等。

中原地区是一片文化沃土，不仅孕育了老子、庄子、墨子、韩非子等哲人，也培养了杜甫、白居易、李贺、刘禹锡、李商隐等诗人。

河南的地理位置决定了河南与古诗词的历史渊源，《诗经》中的《邶风》《卫风》《陈风》《王风》《周南》等篇章，大多产生在今日河南境内，记述的是发生在河南的事情，表现的是中原风情、春秋景象。

唐诗因唐代兴盛而兴盛，因唐代衰落而衰落。唐诗与河南有着千丝万缕的联系。唐代的许多著名诗人是河南人，如杜甫、白居易、韩愈、元稹、李商隐、刘禹锡、李贺、王湾、崔颢、祖咏、王建等。杜甫被称为“诗圣”，白居易被称为“诗魔”，刘禹锡被称为“诗豪”，李贺被称为“诗鬼”。洛阳是隋代的东都、唐代的东都和神都，经过多次修建，宫殿巍峨，街市繁荣，经济发展。唐诗的兴盛与洛阳的兴盛分不开，因此洛阳不仅有“诗魔”白居易，还出了刘禹锡、元稹、李贺等著名的诗人。

杜甫在从华州到洛阳探亲途中，有感而发，写下了著名的“三吏”“三别”，成为流传千古的不朽之作。李白、杜甫和高适相会汴宋梁园，吟诗作赋，留下了一段文坛佳话。白居易晚年在洛阳生活了 18 年，常游历于龙门一带，写下了关于洛阳的诗达 800 首，死后葬于洛阳香山。李贺 7 岁能诗，15 岁已誉满京华，18 岁诗名远播。他是中唐时期继李白之后的又一位浪漫主义诗人，与李白、李商隐并称“唐代三李”。他作诗想象丰富，被后人称为“鬼才”。但他焦思苦吟，多慨叹生不逢时，抒发内心苦闷，27 岁英年早逝。

宋词更是宋代的文化符号，兴盛于宋时，衰落于宋后，与当年汴京的繁荣、南宋的偏安一隅有关。宋代的那些诗词，写尽了宋代的繁华，汴京（今河南开封）、临安（今浙江杭州）的歌舞升平，也表现了家国情仇、生灵涂炭、流离失所。宋词大家中有许多河南人，如岳飞、史达祖、贺铸、朱敦儒等。岳飞出生在河南汤阴，却建功在南宋，那首著名的《满江红》，表现的是其抗击外辱、收复失地的决心及忠贞爱国的情怀。也有些诗人虽不是河南人，却长期在汴京生活，与河南有不解之缘。北宋词人柳永虽是福建人，却长期生活在北宋首都汴京，写下了大量开封市井词作，故有“凡有井水处，皆能歌柳词”之说。南唐后主李煜被囚禁于汴京，写下了许多千古绝唱。

随着金人攻陷汴京，南宋皇帝偏安于江南一隅，中原地区再次陷于战乱。自元、明、清以来，中原文化走向衰落，河南逐渐丧失了经济和文化的优势地位。然而，河南的文化脉络仍在继续，诗歌有些许传承。遗憾的是，宋代以后，虽有元曲，而诗词衰落，全国如此，河南亦如此。

龙兴之地，诗歌之乡

郑州很古老，是3600年前的商代都城，故称商都、商城。今日郑州地区的新郑、荥阳、登封、巩义、新密等皆有悠久历史，文物古迹众多。

郑州是龙兴之地。相传，黄帝出生于轩辕丘，在新郑建都，新郑因此称黄帝故里。

夏、商两代先后在郑州地区建都。夏代建都于登封王城岗，商代迁都于隞，即郑州商城。春秋战国时期，管国、郑国、韩国先后建都郑州地区。秦汉时期，郑州地区以荥阳为中心。从西汉至西晋、北魏时期，荥阳为郡治之所。隋代时，将荥州改名为郑州，州府治所设在成皋（别称虎牢），后移至管城（今河南郑州市管城区）。

然而，春秋战国以后，郑州市并不是中原的政治、文化中心，甚至衰落为一个县级小市。

近代，郑州兴于铁路。清末，平汉和陇海铁路在郑州交会，郑州成为中国东西、南北大动脉的纽带，经济地位不断上升。

1954年河南省省会从开封迁到郑州，郑州日益发展，成为人口近千万的大都会，国家中心城市。

历史上，郑州是诗歌之乡，《诗经》中的《郑风》《桧风》都产生在郑州地区。

郑国境内有溱水、洧水流淌，商旅繁荣，民风淳朴，两岸男女自由交往，相与咏歌，各言其情。所以《郑风》多数是反映男欢女爱的情诗。《郑风·子衿》《郑风·溱洧》是其中的名篇，“青青子衿，悠悠我心”“一日不见，如三月兮”等名句千古流传。

桧国是西周初至春秋时期建立在郑州新密一带的小国，却有《桧风》传世。《桧风》是桧国的民歌，存诗4篇，多是反映小国的焦虑、人民的痛苦。其中，《隰

郑州商城遗址

有苌楚》以苌楚（猕猴桃）的繁茂生长对比人民困苦的生活：“隰有苌楚，猗傩其枝，夭之沃沃，乐子之无知。”诗中发出了人不如草木的感叹，影响深远。

郑州市出了许多著名的诗人，如唐代诗人杜审言、杜甫、白居易、李商隐等。杜审言是杜甫的爷爷。

杜审言的诗以浑厚见长，工于五律，被称为五言律诗的奠基人。他的五律《和晋陵陆丞早春游望》，“独有宦游人，偏惊物候新。云霞出海曙，梅柳渡江春。淑气催黄鸟，晴光转绿蘋。忽闻歌古调，归思欲沾巾”，被后人赞为初唐五律第一。他的五言排律《和李大夫嗣真奉使存抚河东》，长达四十韵，为初唐近体诗第一长篇。

杜甫7岁学诗，15岁扬名，20岁外出漫游。他虽有“会当凌绝顶，一览众山小”的胸襟抱负，却仕途坎坷，晚年四处漂泊，穷困潦倒，疾病缠身，病死他乡。坎坷的经历，使得杜甫对社会现实有了直接深入的了解，写下了“三吏”“三别”等现实主义诗歌，被称为“史诗”之作，杜甫也被称为“诗圣”。

“诗魔”白居易出生于郑州新郑，新郑当时归属荥阳，故白居易写过一首回荥阳的诗《宿荥阳》，寄托对家乡的思念之情：

生长在荥阳，少小辞乡曲。

迢迢四十载，复向荥阳宿。
去时十一二，今年五十六。
追思儿戏时，宛然犹在目。
旧居失处所，故里无宗族。
岂唯变市朝，兼亦迁陵谷。
独有溱洧水，无情依旧绿。

“诗佛”王维路过郑州，写过一首《宿郑州》，描写了郑州的乡村景色：

朝与周人辞，暮投郑人宿。
他乡绝俦侣，孤客亲僮仆。
宛洛望不见，秋霖晦平陆。
田父草际归，村童雨中牧。
主人东皋上，时稼绕茅屋。
虫思机杼悲，雀喧禾黍熟。
明当渡京水，昨晚犹金谷。
此去欲何言，穷边徇微禄。

青年时李商隐登郑州夕阳楼，空怀壮志，满腔愁绪，写下一首《登郑州夕阳楼》：

花明柳暗绕天愁，上尽重城更上楼。
欲问孤鸿向何处，不知身世自悠悠。

郑州夕阳楼始建于何年、毁于何时，已无可考证，但它为中国唐宋八大名楼之一，曾与黄鹤楼、鹳雀楼、岳阳楼齐名却是不争的事实。

在外漂泊几十年之后，李商隐病归故里，感伤身世，寄托情怀，留下传世名作《锦瑟》：

锦瑟无端五十弦，
一弦一柱思华年。
庄生晓梦迷蝴蝶，
望帝春心托杜鹃。
沧海月明珠有泪，
蓝田日暖玉生烟。
此情可待成追忆，
只是当时已惘然。

北宋爱国诗人宋庠曾任郑州知州，写过一首五律《赴洛经郑马上偶成》：

去国虽伤别，乘轺尚及春。

荥风清翼盖，巩树绿迎人。
后队金铙响，前驱隼旆新。
衰怀无丽赋，何以诧西宾。

北宋词人苏轼年轻时曾与弟弟苏辙分别于郑州西门，他作诗赠弟弟：

不饮胡为醉兀兀，此心已逐归鞍发。
归人犹自念庭闱，今我何以慰寂寞。
登高回首坡垄隔，惟见乌帽出复没。
苦寒念尔衣裘薄，独骑瘦马踏残月。
路人行歌居人乐，童仆怪我苦凄恻。
亦知人生要有别，但恐岁月去飘忽。
寒灯相对记畴昔，夜雨何时听萧瑟。
君知此意不可忘，慎勿苦爱高官职。

历史上许多文人墨客、王公贵族来往于东京开封和东都洛阳之间，游嵩山，过荥阳，宿郑州，吟风诵月，寄托情怀，给古老的郑州增添了文化色彩。

墟上甲骨，邺下文风

“一片甲骨惊天下。”

安阳因殷墟而显贵，因甲骨文而闻名。

安阳位于河南省最北部，是国家历史文化名城，号称七朝古都。

据文献记载，商王朝延续了近500年，迁都13次，前后有31位商王。自公元前1319年第二十代商王盘庚自奄（今山东曲阜）迁都至殷（今河南安阳），到公元前1046年帝辛亡国，殷地经历了八代12位国王273年的统治。商亡后，殷地逐渐沦为废墟，故被后人称为殷墟。

安阳是甲骨文的发现地。甲骨文是殷商时代刻在龟甲兽骨上的文字，是现今中国最早的具有完备体系的文字。甲骨文是商王室用于占卜吉凶、记事而契刻的文字，是研究商周时期社会历史的重要资料。

历史上安阳先后称北蒙、殷、邺城、相州、彰德。古邺城在河北临漳到安阳北郊一带，后安阳取代邺，故安阳也称邺城。

建安九年，曹操占据邺城后，在中国北部开创了一个以邺城为中心的相对稳定的政治局面。曹操尚文爱士，许多文士在饱经战乱之苦后，相继奔往邺城，归附到曹氏周围，形成了邺下文人集团。他们习文作诗，探讨文学，发展、繁荣了建安文学。

建安文学的代表人物是“三曹”和“七子”，而以“三曹”为核心。

“三曹”是指曹操、曹丕、曹植父子三人。曹操是建安文学的主将和开创者，今存其乐府诗20余首，他的诗文深沉慷慨，气势雄浑。代表作有《蒿里行》《观沧海》《薤露》《短歌行》《苦寒行》《碣石篇》《龟虽寿》等不朽诗篇。

曹丕是曹操的次子，擅长诗文及辞赋，其诗歌委婉悱恻，多以爱情、伤感为题材。其名作《燕歌行》全诗均用七言，句句押韵，是中国现存最早最完整的七言诗。

曹植是有名的大才子，流传下来的诗赋文章共有100多篇，如描绘人民痛苦生活的《泰山梁甫行》，描写爱情的《美女篇》《洛神赋》等。曹植是第一个大力创作五言诗的作家，他把五言诗的发展推到了一个前所未有的高峰。他的散文和辞赋也表现出了很高的思想性和艺术性。南北朝时期的文学家谢灵运称其“天下才有一石，曹子建独占八斗”。

“建安七子”是东汉建安年间七位文学家的合称，包括孔融、陈琳、王粲、徐幹、阮瑀、应玚、刘桢。他们对诗、赋、散文的发展，都曾做出过贡献。

殷都废而邺都起，邺都衰而相州继，相州改而彰德立。古都安阳历经千年而不衰。

历代诗人用诗歌在安阳留下了足迹。

唐代诗人王维有一首《送熊九赴任安阳》，表达了惜别之情：

魏国应刘后，寂寥文雅空。
漳河如旧日，之子继清风。
阡陌铜台下，闾阎金虎中。
送车盈灞上，轻骑出关东。
相去千余里，西园明月同。

唐代诗人岑参登古邺城，面对战乱后的破败景象，颇多感慨，作诗《登古邺城》：

下马登邺城，城空复何见。
东风吹野火，暮入飞云殿。
城隅南对望陵台，漳水东流不复回。
武帝宫中人去尽，年年春色为谁来。

唐代诗人孟云卿从淇河到古城，作《邺城怀古》：

朝发淇水南，将寻北燕路。
魏家旧城阙，寥落无人住。
伊昔天地屯，曹公独中据。
群臣将北面，白日忽西暮。
三台竟寂寞，万事良难固。
雄图安在哉，衰草沾霜露。
崔嵬长河北，尚见应刘墓。
古树藏龙蛇，荒茅伏狐兔。
永怀故池馆，数子连章句。
逸兴驱山河，雄词变云雾。

我行睹遗迹，精爽如可遇。

斗酒将酹君，悲风白杨树。

宋代词人韩琦是安阳人，写了一首《安阳好》，称赞安阳：

安阳好，形势魏西州。曼衍山川环故国，升平歌吹沸高楼。和气镇飞浮。笼画陌，乔木几春秋。花外轩窗排远岫，竹间门巷带长流。风物更清幽。

宋代诗人王安石写有一首《将次相州》，写出了古城安阳的雄伟气势：

青山如浪入漳州，铜雀台西八九丘。

蝼蚁往还空垄亩，骐骥埋没几春秋。

功名盖世知谁是，气力回天到此休。

何必地中余故物，魏公诸子分衣裘。

金代诗人元好问在安阳西南的善应村写了一首诗《善应村》，描写了安阳的山川景色：

平岗回合尽桑麻，百丈清泉两岸花。

更得青山作重复，武陵何处觅仙家。

清代诗人郑板桥感叹古邺城，作了《邺城》：

划破寒乡漳水流，残星画角动谯楼。

孤城旭日牛羊出，万里新霜草木秋。

铜雀荒凉遗瓦在，西陵风雨石人愁。

分香一夕雄心在，碑牌仍题汉彻侯。

今日之安阳，地处山西、河北、河南三省交界，西倚雄伟太行，东连华北平原，有崇山之峻，有平原之美。殷墟文化享誉天下，人工天河红旗渠扬名海外，卫风诗韵千古流传。

千年帝都，花艳诗盛

洛阳位于河南西部，因地处洛河之北而得名。

洛阳历史悠久，先后有夏、商、西周、东周、东汉、曹魏、西晋、北魏、隋、唐等 13 个王朝在此建都，号称十三朝古都。

洛阳牡丹闻名天下，因此，洛阳被誉为“千年帝都，牡丹花城”。

隋唐时期，洛阳先后为陪都、东都、神都，武则天改唐为周，在洛阳称帝，定神都为首都。唐代是洛阳的鼎盛时期，也是诗盛之始。

洛阳地脉花最宜，牡丹尤为天下奇。

洛阳以牡丹骄傲，牡丹为洛阳扬名。牡丹风情万种，引无数诗人赞颂。

洛阳诗人刘禹锡不喜百花，独赏牡丹：

庭前芍药妖无格，池上芙蕖净少情。
唯有牡丹真国色，花开时节动京城。

徐凝赞牡丹如仙子：

何人不爱牡丹花，占断城中好物华。
疑是洛川神女作，千娇万态破朝霞。

隋唐时的洛阳是什么景象？从女皇武则天这首《早春夜宴》中可见一斑：

九春开上节，千门敞夜扉。
兰灯吐新焰，桂魄朗圆辉。
送酒惟须满，流杯不用稀。
务使霞浆兴，方乘泛洛归。

唐朝宰相张九龄作《奉和圣制送十道采访使及朝集使》，描绘了万国来朝的情景：

三年一上计，万国趋河洛。

课最力已陈，赏延恩复博。

垂衣深共理，改瑟其咸若。

首路回竹符，分镳扬木铎。

唐代诗人韦应物登高望洛城，看到的是巍峨雄壮的洛阳城：

高台造云端，遐瞰周四垠。

雄都定鼎地，势据万国尊。

河岳出云雨，土圭酌乾坤。

舟通南越贡，城背北邙原。

帝宅夹清洛，丹霞捧朝暾。

葱茏瑶台榭，窈窕双阙门。

十载构屯难，兵戈若云屯。

膏腴满榛芜，比屋空毁垣。

唐代诗人白居易有洛阳情结，晚年在洛阳生活了 18 年，死后葬于洛阳香山，至今留有白园。白居易时常与刘禹锡唱和，游历于龙门一带，晚年笃信佛教，号香山居士。白居易一生作诗 3000 余首，有约 800 首写洛阳。他在《香山寺二绝》中写出了自己的闲适心情：

空山寂静老夫闲，伴鸟随云往复还。

家酝满瓶书满架，半移生计入香山。

按唐时的地理概念，杜甫也应算作洛阳人，年少时常在洛阳居住。他在探亲路上，写下了诗史般的作品“三吏”“三别”，《新安吏》中的新安属洛阳，石壕村也在洛阳西。即使漂泊在外，杜甫也心系家乡，目的地依旧是洛阳：

剑外忽传收蓟北，初闻涕泪满衣裳。

却看妻子愁何在，漫卷诗书喜欲狂。

白日放歌须纵酒，青春作伴好还乡。

即从巴峡穿巫峡，便下襄阳向洛阳。

“诗仙”李白遍游山川，春天来到东都洛阳，为洛阳的美丽风景所感染，作《春夜洛城闻笛》：

谁家玉笛暗飞声，散入春风满洛城。

此夜曲中闻折柳，何人不起故园情。

“诗鬼”李贺是今洛阳宜阳人，人有才气，诗有鬼气。他 7 岁能诗，少年成名，但仕途不济，抑郁感伤，焦思苦吟，27 岁英年早逝。他是中唐的浪漫主义诗人，与李白、李商隐并称“唐代三李”。李贺的名作《雁门太守行》，写出了气势、气度："黑云压城城欲摧，甲光向日金鳞开。"他留下了"雄鸡一唱天下白""天若有情天亦老"等千古佳句。

洛阳另一位少年成名的诗人是元稹，他与白居易同科及第，并结为终生诗友，二人共同倡导新乐府运动，世称"元白"。元稹因才华出众、性情豪爽、桀骜不驯，为朝廷所不容，一贬江陵，二贬通州，三贬同州，四贬武昌。他的《离思五首》极负盛名，"曾经沧海难为水，除却巫山不是云"千古流传。

洛阳诗人王湾留下的诗作不多，但一首《次北固山下》却让他千古流芳。远行的王湾依然惦记着家乡洛阳：

客路青山外，行舟绿水前。
潮平两岸阔，风正一帆悬。
海日生残夜，江春入旧年。
乡书何处达？归雁洛阳边。

洛阳依山傍水，有帝王之气，常让帝王惦记。

秦始皇曾到洛水祭祀，写下《祀洛水歌》：

洛阳之水，其色苍苍。
祀祭大泽，倏忽南临。
洛滨醊祷，色连三光。

隋炀帝杨广写下《东宫春》：

洛阳城边朝日晖，天渊池前春燕归。
含露桃花开未飞，临风杨柳自依依。
小苑花红洛水绿，清歌宛转繁弦促，
长袖逶迤动珠玉，千年万岁阳春曲。

洛阳最大的名人当数女皇武则天，武则天最有洛阳情结。她 67 岁称皇帝，建都洛阳，封洛阳为神都，并命令牡丹落户洛阳，这才有了"洛阳牡丹甲天下"之美名。武则天有一首《腊日宣诏幸上苑》："明朝游上苑，火急报春知。花须连夜发，莫待晓风吹"，写的就是女皇命令百花盛开、牡丹被贬洛阳的这段传说。武则天一道命令，洛阳牡丹从长安迁移到洛阳，成就了洛阳"牡丹花城"的美名。

宋都开封，词兴之地

开封简称汴，古称东京、汴京，号称八朝古都。

春秋时期郑庄公在开封附近修筑储粮仓城，定名“启封”，取启拓封疆之意。汉初因避汉景帝刘启之名讳，将“启封”更名为“开封”，这便是开封的由来。

夏曾在开封一带建都200年，史称老丘。战国时魏惠王迁都大梁。五代时期，后梁、后晋、后汉、后周先后定都于开封。

北宋定都开封凡168年，是开封历史上最辉煌的时期，经济繁荣，富甲天下，人口过百万。北宋画家张择端的画作《清明上河图》，描绘了北宋京城及汴河两岸的繁华景象和旖旎风光。

社会经济的繁荣必然带来文化的繁荣，宋词就是标志。

宋立国，结束了自安史之乱以来的混乱局面，生产发展，技术进步，文化繁荣，产生了指南针、火药和印刷术三大发明。朝廷倡文抑武，宋徽宗是著名的书画皇帝，还创作了书法瘦金体。宋徽宗虽然治国无方，但对宋文化的发展还是有贡献的。

宋词是宋文化的卓越代表，开封与宋文化密不可分。词始于南朝梁，形成于唐，盛于宋，故称宋词。宋代词人有1300多位，词作20000多首。著名词人很多，北宋大文学家苏轼、南宋爱国词人辛弃疾等是豪放派的代表，柳永、李清照等是婉约派的代表。

词原本就是唱词，配以音乐，又叫宴乐、燕乐。来自福建的青年词人柳永是宋都开封的大明星，他创作词调最多，粉丝也最多，“凡有井水处，即能歌柳词”。柳永原名柳三变，心高命薄，屡试不第，忧愤中写下了那首著名的《鹤冲天》，称自己“忍把浮名，换了浅酌低唱”。这首词传到宫中，被宋仁宗记恨在心。三年后，柳永考中，却被宋仁宗朱笔画掉。深受打击的柳永自此放浪形骸，浪迹于青楼红粉之地，流连于温香软玉之所，以卖词为生，自嘲“奉旨填词”。实际上，柳永很有才情，如《蝶恋花》：“伫倚危楼风细细，望极春愁，黯黯生天际。草色烟光残照里，无言谁会凭栏意？拟把疏狂图一醉，对酒当歌，强乐还无味。衣带渐宽终不悔，为伊消得人憔悴。”柳永尤其擅长写青楼妓女等下层人的生活，写开封的四时风光和繁华景象，拓宽了词的视野。

宋词的题材集中在伤春悲秋、离愁别绪、风花雪月、男欢女爱等方面，“去俗复雅”成为宋词创作的主要努力方向。苏轼是宋词的改革派，他开创了独具一格的豪放词派，提高了宋词的艺术品位。苏轼的诗词数量极多，流传下来的有3000多首，内容丰富多彩，或雄奇奔放，或富于哲理，或简单自然，歌咏自然景观，抒发人生感慨。苏轼的名作很多，许多人耳熟能详，代表词如《念奴娇·赤壁怀古》：“大江东去，浪淘尽，千古风流人物。故垒西边，人道是，三国周郎赤壁。乱石穿空，惊涛拍岸，卷起千堆雪。江山如画，一时多少豪杰。”

辛弃疾是南宋词人，他不满皇帝偏安江南的局面，思念沦陷区的人民和故国山河，痛斥投降派，为抗击外辱、恢复中原而呐喊。他的词激昂悲壮，表现了苦闷悲愤的心绪和爱国忧民的情怀，如“虎踞龙蟠何处是，只有兴亡满目”。

女词人李清照历经北宋和南宋初年，前期的词多写男女离别愁绪，委婉清丽；后期的词表现的是对家国乡关的思念，满怀忧伤，真挚感人。她早期写的《醉花阴》：“莫道不消魂，帘卷西风，人比黄花瘦！”后期李清照把爱恨家仇写进了诗词，豪唱“生当作人杰，死亦为鬼雄。至今思项羽，不肯过江东”。

南宋初年的抗金英雄岳飞是河南汤阴人，他率领的岳家军威震敌胆，为收复中原失地浴血奋战，屡建奇功。然而，岳飞却被朝廷猜忌，被奸臣陷害，冤死风波亭。岳飞留下的诗词不多，但一首《满江红》慷慨激昂，无人能及：“怒发冲冠，凭栏处、潇潇雨歇。抬望眼，仰天长啸，壮怀激烈。”“壮志饥餐胡虏肉，笑谈渴饮匈奴血。”

河南籍的著名词人还有史达祖、贺铸、朱敦儒等。史达祖以咏物为长，贺铸词风兼豪放、婉约两派，朱敦儒有“诗俊”之名，与陈与义均在“洛中八俊”之中。

靖康二年，金国灭北宋，北宋皇帝跑到江南临安建了南宋，开封成为金国陪都，并一度成为金国的统治中心。1233年，开封被蒙古军队围困，金哀宗逃跑。此后开封再无建都。

北宋之后，开封不再是全国的政治、经济、文化中心。北方少数民族入主中原后，北京成为全国的政治、文化中心，南可以统治中原、直入江南，北可以控制草原大漠。自古得中原者得天下，而得天下之后，对中原的统治就变得简单了。古都西安、洛阳、开封、安阳，都失去了重要的战略位置，必然要走向没落。不仅如此，残暴的统治者在中原攻城略地，大开杀戒，使得中原地区损毁严重，人

清明上河园一角

烟稀少。中原的命运如此，开封的命运如此。

历史上，开封兴于水。隋炀帝开挖南北大运河，开封得漕运之利，以至有汴京之盛，北宋建都 168 年。开封也得水之祸，多次被淹毁城。近代，铁路交通逐渐代替了水运，郑州得铁路之利而发展繁荣，开封优势不再。中华人民共和国成立后，河南省省会从开封迁往郑州，更加影响了开封的发展。这不是开封的衰落，而是历史的变迁。如今，往日繁华已成东京遗梦，只有宋词在熠熠生辉。

正是一本宋词在手，心随词人远去，冬日如沐春风。

曹魏故都有华章

说起许昌，首先让人想到的是曹操挟天子以令诸侯，与刘备、孙权三分天下的往事。

其实，许昌历史上还有许多名人。相传尧舜时代许昌出了个高士许由，尧帝要把君位让给他，他坚辞不受，逃于箕山下，洗耳于颍水，隐居躬耕。许昌称许就来源于此。

明代诗人付梅曾写诗赞许由：

独爱云林境界幽，绿荫蔽日翠共浮。
率瓢崖畔挑烦热，洗耳溪水枕细流。
每有凉风来树底，更无尘事到心头。
许由高士今何在？千古箕山五月秋。

夏代曾建都于颍水之滨的阳翟（今河南禹州），北宋诗人梅尧臣曾路过阳翟并赋诗：

我行阳翟道，暮雨原上急。
麒麟冢相望，霹雳碑下立。
农耕傍山去，鬼火迸林入。
莫问泉下人，马啧衣更湿。

许昌有帝都之名、颍水之清，也有诗词之盛。

魏武帝曹操雄才大略，慷慨作《短歌行》：

对酒当歌，人生几何？
譬如朝露，去日苦多。
慨当以慷，忧思难忘。
何以解忧，唯有杜康。

青青子衿，悠悠我心。
但为君故，沉吟至今。
呦呦鹿鸣，食野之苹。
我有嘉宾，鼓瑟吹笙。
明明如月，何时可掇。
忧从中来，不可断绝。
越陌度阡，枉用相存。
契阔谈宴，心念旧恩。
月明星稀，乌鹊南飞。
绕树三匝，何枝可依？
山不厌高，海不厌深。
周公吐哺，天下归心。

魏文帝曹丕文采斐然，他的《燕歌行》是中国诗歌史上最早、最完整的一首七言诗：

秋风萧瑟天气凉，
草木摇落露为霜，
群燕辞归雁南翔。
念君客游思断肠，
慊慊思归恋故乡，
君何淹留寄他方？
贱妾茕茕守空房，
忧来思君不敢忘，
不觉泪下沾衣裳。
援琴鸣弦发清商，
短歌微吟不能长。
明月皎皎照我床，
星汉西流夜未央。
牵牛织女遥踵望，
尔独何辜限河梁？

曹植才高八斗，悲情作华美《洛神赋》：

翩若惊鸿，婉若游龙，荣曜秋菊，华茂春松。仿佛兮若轻云之蔽月，飘摇兮若流风之回雪。远而望之，皎若太阳升朝霞。迫而察之，灼若芙蕖出绿波。

秾纤得衷，修短合度。肩若削成，腰如约素。延颈秀项，皓质呈露，芳泽无加，铅华弗御。云髻峨峨，修眉联娟，丹唇外朗，皓齿内鲜。明眸善睐，靥辅承权，瑰姿艳逸，仪静体闲。柔情绰态，媚于语言。奇服旷世，骨像应图。披罗衣之璀粲兮，珥瑶碧之华琚。戴金翠之首饰，缀明珠以耀躯。践远游之文履，曳雾绡之轻裾。微幽兰之芳蔼兮，步踟蹰于山隅。

唐代文豪韩愈过襄城作七言绝句：

郾城辞罢过襄城，颍水嵩山刮眼明。
已去蔡州三百里，家人不用远来迎。

唐朝诗人皮日休过许昌，作《三羞诗》之“南荒不择吏”，记述兵荒马乱中人民的悲惨生活：

南荒不择吏，致我交阯覆。
绵联三四年，流为中夏辱。
懦者斗即退，武者兵则黩。
军庸满天下，战将多金玉。
刮则齐民痈，分为猛士禄。
雄健许昌师，忠武冠其族。
去为万骑风，住作一川肉。
昨朝残卒回，千门万户哭。
哀声动闾里，怨气成山谷。
谁能听昼鼙，不忍看金镞。
吾有制胜术，不奈贱碌碌。
贮之胸臆间，惭见许师属。
自嗟胡为者，得蹑前修躅。
家不出军租，身不识部曲。
亦衣许师衣，亦食许师粟。
方知古人道，荫我已为足。
念此向谁羞，悠悠颍川绿。

北宋文学家宋庠曾在许州（今河南许昌）当了三年的知州，留下诗词多篇。宋庠是河南雍丘（今河南民权）人，是乡试、会试、殿试连续第一的“连中三元”之人，与其弟宋祁并称“双状元”。宋庠稳重低调，生活节俭，一生爱读书，官至宰相。

1053 年 8 月，宋庠到许州上任，写了一首《自洛移许初至郡斋作》，表达此时的复杂心情：

忝司宫钥忽三年，恩借闲州得颍川。

楚北苍茫轩后野，国南膏沃许人田。

汉台褒凤今难继，荀里占星俗尚传。

更赖鸭陂能慰我，铃斋西畔似江天。

在知许州任上一年，宋庠总结经验教训，作《自讼一首》：

右辅朱轓守，南宫革履臣。

孤萤难助日，病木独依春。

暗懦疑蛇客，愚忠数马人。

谁知温省树，自诫鲁堂绅。

监令车中席，江山扇外尘。

何当能浼我，初不缰均茵。

事往方成悔，猜除且莹神。

由来矜百炼，从此惜千钧。

素发慚华冕，虚舟谢要津。

洗心良有谓，佞佛不无因。

案上仙书弓，斋中梵氎巾。

更须穷僻地，香火报昌辰。

在许州期间，宋庠亲率民夫疏浚许州小西湖，建成了远近闻名的景观。工作之余，宋庠游西湖流连忘返，曾作诗多首，现录一二：

其一：

再来湖上已春残，物物随时亦强欢。

紫叶抽荷疑弄橐，翠皮包竹好裁冠。

惊桡野鹭移沙渚，贪饵鲜鳞荐客盘。

尽日临流忘吏事，须知名世六条宽。

其二：

绿鸭东陂已可怜，更因云窦注西田。

凿开鱼鸟忘情地，展尽江河极目天。

向夕旧滩都浸月，过寒新树便留烟。

使君直欲称渔叟，愿赐闲州不计年。

苏轼年轻时过许州游西湖，作诗称赞许州西湖：

西湖小雨晴，滟滟春渠长。

来从古城角，夜半转新响。
使君欲春游，浚沼役千掌。
纷纭具畚锸，闹若蚁运壤。
夭桃弄春色，生意寒犹快。
惟有落残梅，标格若矜爽。
游人坌已集，挈榼三且两。
醉客卧道傍，扶起尚偃仰。
池台信宏丽，贵与民同赏。
但恐城市欢，不知田野怆。
颍川七不登，野气长苍莽。
谁知万里客，湖上独长想。

苏轼后来到杭州做官，疏浚杭州西湖，并写信建议将许州西湖更名为小西湖。由此看来，苏轼与许州有着不解之缘。

豫西重镇，古道诗路

也许有些人不知道，豫西重镇三门峡过去称为陕州。

“陕”作为地名，最早可追溯至商代。西周初年，周成王的两个叔叔周公和召公分陕而治，在今三门峡市陕州区的塬上立一石柱，陕以东由周公管辖，陕以西由召公管辖，“陕西”地名便由此而得。周公在洛阳建东都，召公在甘棠勤政亲民，留下了“甘棠遗爱”的美谈。

陕州东据崤山连中原，西接潼关扼秦川，北与山西隔河相望，自古以来是兵家必争的战略要地。崤山、函谷、雁岭分守三门峡的东、西、南三面。北面，黄河蜿蜒东行，晋、陕、豫三地以陕州为界居河而治。

这里流传着“黄帝铸鼎”“禹凿三门”“紫气东来”等美丽传说。

灵宝荆山黄帝铸鼎原，是传说中轩辕黄帝铸鼎祭天、奠定邦国、驭龙升天之地。

相传大禹治水时，凿龙门，开砥柱，在黄河中游这一段形成了“人门”“鬼门”“神门”三道峡谷。1957 年伴随着万里黄河第一坝——三门峡大坝的兴建，崛起了一座新兴城市三门峡。

函谷关是中国历史上建置最早的雄关要塞之一，“紫气东来”的传说就发生在这里。当年道家鼻祖老子过函谷关之前，关令尹喜见有紫气从东而来，知道将有圣人过关。果然老子骑着青牛而来。在尹喜的盛情邀请下，老子在函谷关住下，作《道德经》五千言，然后骑青牛而去。

陕州是中国古代东西交通要道，历史上许多帝王将相、文人墨客经过于此，吟诗作赋，留下了许多千古名篇。

唐太宗李世民曾于 637 年春日游历陕州，写下了《还陕抒怀》一诗：

慨然抚长剑，济世岂邀名。

星旂纷电举，日羽肃天行。

遍野屯万骑，临原驻五营。

登山麾武节，背水纵神兵。

在昔戎戈动，今来宇宙平。

杜甫过陕州渑池写下了著名的史诗《石壕吏》：

暮投石壕村，有吏夜捉人。

老翁逾墙走，老妇出门看。

吏呼一何怒，妇啼一何苦。

……

白居易写《送陕府王大夫》，诗中以甘棠遗爱的典故寄语在陕州做官的朋友：

金马门前回剑珮，铁牛城下拥旌旗。

他时万一为交代，留取甘棠三两枝。

刘禹锡作《登陕州北楼却忆京师亲友》，面对野田荒草，想起坎坷仕途，不禁愁绪满怀：

独上百尺楼，目穷思亦愁。

初日遍露草，野田荒悠悠。

尘息长道白，林清宿烟收。

回首云深处，永怀乡旧游。

岑参秋日在陕州古道西亭，作《早秋与诸子登虢州西亭观眺》，颇有古意：

亭高出鸟外，客到与云齐。

树点千家小，天围万岭低。

残虹挂陕北，急雨过关西。

酒榼缘青壁，瓜田傍绿溪。

微官何足道，爱客且相携。

唯有乡园处，依依望不迷。

孟郊在灵宝作《西上经灵宝观》，写出了灵宝的仙气：

道士无白发，语音灵泉清。

青松多寿色，白石恒夜明。

放步霁霞起，振衣华风生。

真文秘中顶，宝气浮四楹。

一片古关路，万里今人行。

上仙不可见，驱策徒西征。

杜牧作《陕州醉赠裴四同年》，怀念与友人在洛阳滞留、在陕州甘棠醉歌的时光：

凄风洛下同羁思，迟日棠阴得醉歌。

自笑与君三岁别，头衔依旧鬓丝多。

李商隐在灵宝荆山写下《荆山》诗：

压河连华势孱颜，鸟没云归一望间。

杨仆移关三百里，可能全是为荆山。

温庭筠作《登卢氏台》：

胜地当通邑，前山有故居。

台高秋尽出，林断野无余。

白露鸣蛩急，晴天度雁疏。

由来放怀地，非独在吾庐。

刘沧作《过铸鼎原》：

黄帝修真万国朝，鼎成龙驾上丹霄。

天风乍起鹤声远，海雾渐深龙节遥。

仙界日长青鸟度，御衣香散紫霞飘。

唯留古迹寒原在，碧水苍苍空寂寥。

汪遵写《渑池》赞蔺相如：

西秦北赵各称高，池上张筵列我曹。

何事君王亲击缶，相如有剑可吹毛。

韦庄作《虢州涧东村居作》，赞秋原景色：

东南骑马出郊坰，回首寒烟隔郡城。

清涧涨时翘鹭喜，绿桑疏处哺牛鸣。

儿童见少生于客，奴仆骄多倨似兄。

试望家田还自适，满畦秋水稻苗平。

古陕州有众多的历史名胜，“陕州八景”分别为：宝轮夕照、禹门积雪、绣岭云横、崤陵风雨、草堂春晖、砚山秋霁、古渡飞虹、金沙落日。这里物华天宝，黄金、煤、铝三分天下，大枣、苹果香飘四方。

如今，这里三面环水，水绕古城。春天鲜花烂漫，遍地苍翠；夏天绿树成荫，碧波荡漾；秋天秋高气爽，山林尽染；冬天冰裹雪封，鹤舞翩翩。万里黄河第一坝居高临下，高大雄伟；在古陕州城遗址上建起来的长长的滨河公园，山水相依，花红柳绿，游人如织，一派兴旺景象。

楚风汉韵，人杰地灵

南阳，古称宛，位于河南省西南部，豫、鄂、陕三省交界地带，因地处伏牛山以南、汉水以北而得名。

南阳有3000年的建城史，为楚、汉文化重要的发源地。

春秋战国时，早期楚国在淅川境内的丹阳建都，丹阳成为楚文化的摇篮。楚人以汉江上游丹阳为起点，开疆拓土，先后统一了南方50多个小国，全盛时疆域北至黄河、东至海滨、西至云南、南至湖南。

西汉时期，南阳为全国六大都会之一。东汉时期，南阳是陪都，称南都，是中国政治、军事、商业和文化的中心，“驱车策驽马，游戏宛与洛”（《古诗十九首》），就是对南阳繁华的真实写照。东汉光武帝刘秀起兵南阳，成就帝业，南阳被称为“帝乡”。

三国历史故事曾经在南阳上演，如诸葛亮在此躬耕十年，刘备屯兵新野、卧龙岗三顾茅庐。

南阳“绵三山而带群湖，枕伏牛而登江汉”，自古为四方交通要冲，历来是兵家必争之地。灵秀山水养育了南阳，诞生了众多历史名人。

东汉科学家张衡发明了浑天仪、地动仪，是东汉中期浑天说的代表人物之一。由于他的突出贡献，联合国天文组织将月球背面的一个环形山命名为“张衡环形山”，太阳系中的1802号小行星命名为“张衡星”。不仅如此，张衡还是个大文学家，与司马相如、扬雄、班固并称“汉赋四大家”。他的《二京赋》被认为是汉赋中的精品。他的《南都赋》描写了家乡南阳的地理形势、社会风貌。文章洋洋数千言，感情丰沛，文采斐然，极具感染力。现摘录几段以飨读者：

于显乐都，既丽且康！陪京之南，居汉之阳。割周楚之丰壤，跨荆豫而为疆。体爽垲以闲敞，纷郁郁其难详。

尔其地势，则武阙关其西，桐柏揭其东。流沧浪而为隍，廓方城而为墉。汤谷涌其后，淯水荡其胸。推淮引湍，三方是通。

南阳是中原南北大通道的必经之地，历史上，达官贵人、文人墨客慕名而来，留下许多诗词歌赋。

唐代诗人李白到南阳旅游观光，写下多首关于南阳的诗。其中《南都行》一首，盛赞南阳人杰地灵：

南都信佳丽，武阙横西关。
白水真人居，万商罗鄽阛。
高楼对紫陌，甲第连青山。
此地多英豪，邈然不可攀。
陶朱与五羖，名播天壤间。
丽华秀玉色，汉女娇朱颜。
清歌遏流云，艳舞有余闲。

南阳丹江风景区

遨游盛宛洛，冠盖随风还。

走马红阳城，呼鹰白河湾。

谁识卧龙客，长吟愁鬓斑。

唐代襄阳诗人孟浩然因雪滞留南阳，作《南归阻雪》，其景茫茫，其情戚戚：

我行滞宛许，日夕望京豫。

旷野莽茫茫，乡山在何处？

孤烟村际起，归雁天边去。

积雪覆平皋，饥鹰捉寒兔。

少年弄文墨，属意在章句。

十上耻还家，徘徊守归路。

唐代文学家、诗人韩愈写过一首《过南阳》，描绘了南阳的田园景色：

南阳郭门外，桑下麦青青。

行子去未已，春鸠鸣不停。

秦商邈既远，湖海浩将经。

孰忍生以戚，吾其寄余龄。

唐代诗人许浑在瑟瑟秋色中过南阳，看到的是兵荒马乱、孤村荒野：

月斜孤馆傍村行，野店高低带古城。

篱上晓花斋后落，井边秋叶社前生。

饥乌索哺随雏叫，乳狞慵归望犊鸣。

荒草连天风动地，不知谁学武侯耕。

宋代宰相寇准曾在邓州（今河南南阳邓州）做知州，写《南阳春日》，极赞南阳景色：

水满池塘花绕城，日斜南陌暖风轻。

千门柳色春烟淡，独倚高楼闻暮莺。

北宋文学家范仲淹也曾在南阳邓州做知州，营建了百花洲，并在百花洲旁创建了花洲书院。中秋之夜，范仲淹与友人饮酒作诗、载歌载舞，兴致很高：

南阳太守清狂发，未到中秋先赏月。

百花洲里夜忘归，绿梧无声露光滑。

天学碧海吐明珠，寒辉射空星斗疏。

西楼下看人间世，莹然都在青玉壶。

从来酷暑不可避，今夕凉生岂天意。

一笛吹销万里云，主人高歌客大醉。

客醉起舞逐我歌，弗舞弗歌如老何。

南宋诗人陆游过南阳，由诸葛亮的身世，想到自己的十年漂泊，作《过野人家有感》，颇多感慨：

纵辔江皋送夕晖，谁家井臼映荆扉。

隔篱犬吠窥人过，满箔蚕饥待叶归。

世态十年看烂熟，家山万里梦依稀。

躬耕本是英雄事，老死南阳未必非。

北宋末南宋初的杰出诗人陈与义过南阳，在多地滞留，作诗多首，其中《次南阳》表达了他空怀壮志、岁月蹉跎的复杂心情：

今日东北云，景气何佳哉。

我马且忽驱，当有吉语来。

春寒欺客子，满意旗下杯。

百年耳频热，万事首不回。

卧龙今何之，有家今半摧。

空余乔木地，薄暮鸦徘徊。

怀古视落日，愧我非长才。

却凭破鞍去，风林生七哀。

追随诗人的脚步，回忆南阳的历史变迁，山川壮丽，风云激荡。美哉南阳，令人赞叹！

三商之源，梁园诗话

商丘，历史上简称商、宋，位于河南省东部，与山东、安徽交界。

顾名思义，商丘是古时候商族人活动的一片高岗。据史料，早在旧石器时代，“三皇”之首的燧人氏就在这里发明了人工取火。因商人、商业、商品发源于商丘，商朝建都于商丘，商丘被誉为“三商之源、华商之都”。

西汉高祖五年（公元前202年），砀郡升为梁国，国都为睢阳（今河南商丘睢阳区）。梁国是拥有40余城的诸侯国，居天下膏腴之地。梁孝王刘武凭借着平定七国之乱为朝廷立下的赫赫战功，得朝廷重赏，积累了不少财富，在睢阳大修宫室，建起了三百里梁园，广招四方文士，兴起了一股梁园文学风尚。

梁苑集离宫、亭台、山水、奇花异草、珍禽异兽、陵园为一体，是供帝王游猎、娱乐等的多功能的苑囿。

梁园文学是指西汉时期以梁孝王刘武、司马相如等为中心而形成的文学群体，如枚乘、公孙诡、邹阳、严忌、羊胜等，常随梁孝王游园献诗作赋。后来，李白、杜甫、高适、王昌龄、岑参、李商隐、苏轼、欧阳修、王安石等都曾慕名来游。

唐天宝三载（公元744年），李白在京都长安因受权贵排挤而被朝廷“赐金放还”，被迫辞官后，经洛阳、汴州到宋州梁园。

李白来梁园的途中，在洛阳与杜甫相会。闻一多曾把“诗仙”李白与“诗圣”杜甫的洛阳相会比喻为“太阳与月亮走碰了头”。李白、杜甫相会后，结伴东行。行至汴州，他们又遇到了著名诗人高适。三位志趣相同的诗人会面，在汴州游览一番后，结伴乘船顺汴水东下，直达宋州梁园。

李白、杜甫、高适到达梁园后，不仅遍游宋州各地，而且以梁园为中心，北涉燕赵，南去淮（水）泗（水），往来于齐鲁之间。所到之处，三人交流思想，切磋诗文，登临凭吊。

商丘古城

在宋州，三位诗人除遍寻梁园诸景外，还曾酒酣平台、宁陵吊古、漆园赋诗、游猎孟诸、畅游芒砀山、挥笔青陵，留下了千古诗话。

李白慷慨高歌，作长诗《梁园吟》：

我浮黄云去京阙，挂席欲进波连山。
天长水阔厌远涉，访古始及平台间。
平台为客忧思多，对酒遂作梁园歌。
却忆蓬池阮公咏，因吟渌水扬洪波。
洪波浩荡迷旧国，路远西归安可得。
人生达命岂暇愁，且饮美酒登高楼。
平头奴子摇大扇，五月不热疑清秋。
玉盘杨梅为君设，吴盐如花皎白雪。
持盐把酒但饮之，莫学夷齐事高洁。
昔人豪贵信陵君，今人耕种信陵坟。
荒城虚照碧山月，古木尽入苍梧云。
梁王宫阙今安在，枚马先归不相待。
舞影歌声散绿池，空余汴水东流海。
沉吟此事泪满衣，黄金买醉未能归。
连呼五白行六博，分曹赌酒酣驰辉。

歌且谣，意方远，东山高卧时起来，欲济苍生未应晚。

高适作《古大梁行》：

古城莽苍饶荆榛，驱马荒城愁杀人。
魏王宫观尽禾黍，信陵宾客随灰尘。
忆昨雄都旧朝市，轩车照耀歌钟起。
军容带甲三十万，国步连营一千里。
全盛须臾那可论，高台曲池无复存。
遗墟但见狐狸迹，古地空余草木根。
暮天摇落伤怀抱，倚剑悲歌对秋草。
侠客犹传朱亥名，行人尚识夷门道。
白璧黄金万户侯，宝刀骏马填山丘。
年代凄凉不可问，往来唯有水东流。

晚年的杜甫常常回忆与李白、高适同游梁园的美好时光，作《遣怀》以示纪念：

昔我游宋中，惟梁孝王都。
名今陈留亚，剧则贝魏俱。
邑中九万家，高栋照通衢。
舟车半天下，主客多欢娱。
白刃仇不义，黄金倾有无。
杀人红尘里，报答在斯须。
忆与高李辈，论交入酒垆。
两公壮藻思，得我色敷腴。
气酣登吹台，怀古视平芜。
芒砀云一去，雁鹜空相呼。
先帝正好武，寰海未凋枯。
猛将收西域，长戟破林胡。
百万攻一城，献捷不云输。
组练弃如泥，尺土负百夫。
拓境功未已，元和辞大炉。
乱离朋友尽，合沓岁月徂。
吾衰将焉托，存殁再呜呼。
萧条益堪愧，独在天一隅。
乘黄已去矣，凡马徒区区。

不复见颜鲍，系舟卧荆巫。

临餐吐更食，常恐违抚孤。

李白、杜甫、高适三人大约在梁园游历了3个月，杜甫回巩县（今河南巩义）料理家事，高适因有事离开。杜甫回乡料理完家事，又返回梁园。李白、杜甫再次结伴同游，先去东鲁，再游淮泗，吃一锅饭，睡一张床，赋诗论文，亲如弟兄。一年后，杜甫西去，李白娶梁园宗氏为妻，在梁园客居数年。

梁园分别，杜甫写诗赠李白：

秋来相顾尚飘蓬，未就丹砂愧葛洪。

痛饮狂歌空度日，飞扬跋扈为谁雄？

李白也写诗赠杜甫：

醉别复几日，登临遍池台。

何时石门路，重有金樽开。

秋波落泗水，海色明徂徕。

飞蓬各自远，且尽手中杯。

梁园虽然已无昔日之辉煌，只是一个破败的荒园，但仍然牵动着历代诗人的心。

唐代诗人岑参看到的梁园是满目萧条：

梁园日暮乱飞鸦，极目萧条两三家。

庭树不知人去尽，春来还发旧时花。

唐代诗人储光羲极度伤感，作《登商丘》：

河水日夜流，客心多殷忧。

维梢历宋国，结缆登商丘。

汉皇封子弟，周室命诸侯。

摇摇世祀怨，伤古复兼秋。

鸣鸿念极浦，征旅慕前俦。

太息梁王苑，时非牧马游。

北宋王安石无奈作《宋城道中》：

都城花木久知春，北路余寒尚中人。

宿草连云青未得，东风无赖只惊尘。

北宋柴宗庆怀念心中的那个梁园，极言“曾观大海难为水，除去梁园总是村”。

嵩高维岳，峻极于天

中岳嵩山为中原第一名山，位居五岳之中。

嵩山位于河南省西部，地处登封市西北面，西邻古都洛阳，东邻郑州，属伏牛山系。嵩山不高，共 72 峰，最高峰 1512 米。但是，山不在高，有仙则名。嵩山地处“天地之中”，被称为中岳。《诗经·大雅·崧高》有“嵩高维岳，峻极于天”的诗句，这大约是最早赞美嵩山的诗歌。

嵩山很古老，在 450 平方千米范围内，连续出露着太古宙、远古宙、古生代、中生代、新生代的岩浆岩、变质岩和沉积岩，地质学称之为世界罕见的“五代同堂”。

嵩山地区历史悠久，是中华文明的发源地之一。道、佛、儒三教荟萃，分别以中岳庙、少林寺、嵩阳书院为代表。夏朝曾在嵩山南麓的阳城建都。汉武帝曾到嵩山祭祀。696 年，武则天登嵩山封中岳，大功告成，改嵩阳县为登封县，改阳城县为告成县。金代将两县合并为登封县。

历史上曾有 30 多位皇帝、150 多位著名文人亲临嵩山。

帝王视察给了嵩山地位和名气，文人游览传播了嵩山的景色和文化。

“诗仙”李白两游嵩山，写下了多首关于嵩山美景的诗篇。唐开元二十年（732 年）秋，李白游嵩山，听说嵩山有个女道士焦炼师，漫山遍野寻访不见，失望之中留下一首《赠嵩山焦炼师》。然后到嵩山南麓的颍阳，访问故友元丹丘。面对嵩山的优美景色，李白接连写下了《题元丹丘山居》《元丹丘歌》等几首诗。其中，《元丹丘歌》最为著名：

元丹丘，爱神仙。朝饮颍川之清流，暮还嵩岑之紫烟，三十峰长周旋。

五年之后，李白又到元丹丘的颍阳山居，和元丹丘、岑勋同游嵩山。三人喝得酩酊大醉，李白写下了著名的《将进酒》：

人生得意须尽欢，莫使金樽空对月。

天生我材必有用，千金散尽还复来。

李白还有一首《送杨山人归嵩山》：

我有万古宅，嵩阳玉女峰。

长留一片月，挂在东溪松。

尔去掇仙草，菖蒲花紫茸。

岁晚或相访，青天骑白龙。

把嵩山玉女峰想象成自己的万古宅第，充分表现了李白的浪漫。

白居易晚年常住洛阳，与嵩山比邻，可想他游嵩山是常有的事。他有一首《送李滁州》：

君于觉路深留意，我亦禅门薄致功。

未悟病时须去病，已知空后莫依空。

白衣卧疾嵩山下，皂盖行春楚水东。

谁道三年千里别，两心同在道场中。

诗人此时是在嵩山脚下的洛阳还是在嵩山，已经分不清了。

杜牧有一首《洛中送冀处士东游》：

饯酒载三斗，东郊黄叶稠。

我感有泪下，君唱高歌酬。

嵩山高万尺，洛水流千秋。

往事不可问，天地空悠悠。

孟郊有一首《洛桥晚望》：

天津桥下冰初结，洛阳陌上人行绝。

榆柳萧疏楼阁闲，月明直见嵩山雪。

写洛阳，望嵩山，山水相依，景同此，心同情。

王维有一首著名的写嵩山的诗，写出了嵩山的空旷高远：

清川带长薄，车马去闲闲。

流水如有意，暮禽相与还。

荒城临古渡，落日满秋山。

迢递嵩高下，归来且闭关。

宋之问写了一首《扈从登封途中作》，写出了嵩山的崔嵬雄奇：

帐殿郁崔嵬，仙游实壮哉。晓云连幕卷，夜火杂星回。谷暗千旗出，山鸣万乘来。扈从良可赋，终乏掞天才。

唐代进士郑谷写了《嵩山八景诗》和《嵩山十二景诗》，总结得很到位。八景诗曰：

月满嵩门正仲秋，轩辕早行雾中游。
颍水春耕田歌起，夏避箕阴溽暑收。
石淙河边堪会饮，玉溪台上垂钓钩。
余雨少室观晴雪，瀑布崖前墨浪流。

宋代诗人陆游曾“看云庐阜屏风叠，采乐嵩山冠子峰”。

清代诗人顾炎武诗赞嵩山“老柏摇新翠，幽花茁晚春”。

诗人们访山问道，登高抒怀，奇峰怪石皆有灵性，山花野草皆入诗章，令人赞叹，令人回味。

正是：嵩山多少事，尽在古诗中。

伏牛山脉的古诗之路

伏牛山脉位于河南的西南部，属秦岭山脉东段支脉。

伏牛山西北－东南走向，绵延800余里，形如卧牛，故称伏牛山。它构成了黄河、淮河和长江三大水系的重要分水岭。

从湖北江汉平原到河南洛阳，伏牛山是必经之地。帝都洛阳吸引着南方的文人墨客，他们入河南到南阳，然后沿伏牛山东麓北上，跋山涉水，登高望远，一路行吟，留下千古诗篇。

伏牛山南端的鲁山县古称鲁阳，鲁阳的西南有鲁阳关，是洛阳与南阳盆地间的交通要冲，自古为兵家必争之地。

西晋文学家张协曾经过伏牛山登鲁阳关，看流涧万丈，围木千寻，虎啸穷山，鹤鸣空林，作《朝登鲁阳关》抒怀：

朝登鲁阳关，狭路峭且深。
流涧万余丈，围木数千寻。
咆虎响穷山，鸣鹤聒空林。
凄风为我啸，百籁坐自吟。
感物多思情，在险易常心。
朅来戒不虞，挺辔越飞岑。
王阳驱九折，周文走岑崟。
经阻贵勿迟，此理著来今。

“初唐四杰”之一王勃，20岁时在长安应举落第，南归义乌，途经鲁阳关，作《至分水戍》诗。面对莽莽伏牛山，看秋染霜晨，听深涧水咽，年轻的诗人不免有几分忧愁：

行役忽离忧，复此怆分流。

溅石回湍咽，萦丛曲涧幽。

阴岩常结晦，宿莽竞含秋。

况乃霜晨早，寒风入戍楼。

鲁阳关还有乌鸦为刘秀三次引路的民间传说，因此，鲁阳关又称为“三鸦路”“古鸦路”。

唐代诗人孟郊自洞庭前往汝州（今河南汝州），去投靠汝州的行政军事长官陆长源，过古鸦路，渡三十六溪，作《鸦路溪行呈陆中丞》，描绘了鲁阳关的险峻：

鸦路不可越，三十六渡溪。

有物饮碧水，高林挂青蜺。

历览道更险，驱使迹频暌。

视听易常主，心魂互相迷。

浪石忽摇动，沙堤信难跻。

危峰紫霄外，古木浮云齐。

出阻望汝郡，大贤多招携。

疲马恋旧秣，羁禽思故栖。

伏牛山

应怜泣楚玉，弃置如尘泥。

北宋诗人梅尧臣曾游鲁山，作《鲁山山行》，称赞伏牛山的幽深野趣：

适与野情惬，千山高复低。

好峰随处改，幽径独行迷。

霜落熊升树，林空鹿饮溪。

人家在何许，云外一声鸡。

唐代诗人李白自安陆往长安（今陕西西安），过南阳，北望伏牛山，写下了著名的《送友人》：

青山横北郭，白水绕东城。

此地一为别，孤蓬万里征。

浮云游子意，落日故人情。

挥手自兹去，萧萧班马鸣。

伏牛山向东南延伸到河南方城县东北时突然中断，形成著名的“方城缺口”，缺口长约 30 千米，宽 8 ～ 15 千米，形成沟通华北平原和南阳盆地、江汉平原的天然交通要道。

北宋宰相寇准 59 岁时第二次被罢相，被贬雷州（今广东雷州），路过方城县。寇准曾四次过方城，多次远望伏牛山，愁绪满怀，作《途次方城》：

方城旧路四曾过，此度偏饶怅望多。

独倚客亭思往事，南阳何异梦南柯。

嵩县地处伏牛山北麓及支脉外方山和熊耳山之间，境内群峰耸立，白云山玉皇顶为中原第三峰，龙池漫峰为伏牛山主峰。

初唐诗人宋之问登嵩县歇马岭，遥望伏牛山，慷慨行吟：

晨登歇马岭，遥望伏牛山。

孤出群峰首，熊熊元气间。

太和亦崔嵬，石扇横闪倏。

细岑互攒倚，浮巘竞奔蹙。

白云遥入怀，青霭近可掬。

徒寻灵异迹，周顾惬心目。

晨拂鸟路行，暮投人烟宿。

粳稻远弥秀，栗芋秋新熟。

石髓非一岩，药苗乃万族。

间关踏云雨，缭绕缘水木。

西见商山芝，南到楚乡竹。

楚竹幽且深，半杂枫香林。

浩歌清潭曲，寄尔桃源心。

晚唐诗人薛能在嵩县作《伏牛山》，赞伏牛山如虎蹲牛卧：

虎蹲峰状屈名牛，落日连村好望秋。

不为时危耕不得，一黎风雨便归休。

伏牛山北麓的汝州是一个历史重镇，也是沿伏牛山东麓北往洛阳的要道，许多南来北往的诗人在此停留。

孟郊在汝州游当地名胜石龙涡，作诗赞汝州山水景色：

石龙不见形，石雨如散星。

山下晴皎皎，山中阴泠泠。

水飞林木杪，珠缀莓苔屏。

畜异物皆别，当晨景欲暝。

泉芳春气碧，松月寒色青。

险力此独壮，猛兽亦不停。

日暮且回去，浮心恨未宁。

韩愈随军远征路过汝州，夜宿官方的招待所“神龟驿台”，荒山野水，夜不能眠，于是会友作诗：

荒山野水照斜晖，啄雪寒鸦趁始飞。

夜宿驿亭愁不睡，幸来相就盖征衣。

苏辙曾在汝州短暂做知州，他的哥哥苏轼被贬英州（今广东英德），途中顺道到汝州看望苏辙。兄弟俩在此相见，同样的遭际，感同身受。回首往事，如同黄粱一梦，苏轼感慨作《被命南迁途中寄定武同僚》：

人事千头及万头，得时何喜失时忧。

只知紫绶三公贵，不觉黄粱一梦游。

适见恩纶临定武，忽遭分职赴英州。

南行若到江干侧，休宿浔阳旧酒楼。

苏辙有一首《塞师嵩山图》，倒是有几分豁达：

峻极登高二十年，汝州回望一依然。

君行亦是高秋后，试觅神清古洞天。

宋代诗人陈与义的母亲在汝州病故，陈与义回汝州服丧。丁忧汝州，滞留汝水，远望群山，陈与义心情平淡旷达。用一首五言诗，表达了他隐逸山水的闲适：

狂夫缚轩冕，自许稷契身。
静者乐山林，谓是羲皇人。
不如两忘抶，内保一色醇。
伟哉道山杰，滞此汝水滨。
大来会阔步，小憩得幽欣。
一斋有琴酒，万事无缁磷。
不作子公书，肯受元规尘。
人言君侯痴，我知丈人真。
月明泉声细，雨过竹色新。
而间有真我，宴坐方申申。

伏牛山北麓曾经有一个陆浑国，他们是迁徙到洛阳附近的西北游牧民族，又称陆浑戎。他们原本在西北，春秋战国时期被秦晋两国强制迁徙到洛阳附近，100多年后被晋国灭掉。

陆浑位于三山环绕之中，伊河、汝河、顺阳河三水并流之处，风景优美。过去陆浑有山庄之幽，今日陆浑有水库之秀。唐代诗人宋之问在此作《陆浑山庄》，赞美陆浑之地如世外桃源，是躬耕隐逸的好去处：

归来物外情，负杖阅岩耕。
源水看花入，幽林采药行。
野人相问姓，山鸟自呼名。
去去独吾乐，无能愧此生。

从嵩县、汝州北去，涉伊水，过龙门，东都洛阳尽在眼前。回头望，伏牛山脉蜿蜒千里，纵横南北，成为河南西南部的一道天然屏障。望古都洛阳，龙门巍巍，伊水汤汤，多少文人墨客流连忘返，多少诗词名篇千古传唱。

从南阳到洛阳，我无法知道历朝历代有多少诗人走在这条路上，走过伏牛山的山山水水，我不得而知，但我知道，伏牛山脉是一条诗人之路，是一条诗词之路，令人向往。

太行巍峨诗意昂

太行山纵跨北京、河北、山西、河南，北起北京市西山，向南延伸至河南与山西交界地区的王屋山，西接山西高原，东临华北平原，绵延400余千米，是黄土高原和华北平原的天然分界线。

太行山分为北太行、西太行和南太行。北太行在河北，西太行在山西，南太行集中在河南境内。南太行山势险峻，森林遍布，峡谷河流，风景优美。因此说，太行山把最美的一段留给了河南。

然而在古代，太行山形势险峻，虎狼出没，道路难行，没有多少人到深山峡谷中去旅游。这条蜿蜒千里的山脉，是一道天然屏障，历来被视为兵要之地。从春秋战国到明、清，两千多年间征战不断，发生过许多惊心动魄的历史故事。

诗人的脚步也难以到达太行山的崇山峻岭之中，他们只能望“山”兴叹。

建安十一年（206年）春，曹操亲率大军，从魏都邺城出发，北征高干。高干本是袁绍的外甥，又是曹操的下属，领并州（今山西太原）牧。高干先是归降曹操，次年又趁曹操北征乌桓之机，举兵反叛，盘踞壶关口。为了平定北方，彻底铲除袁绍势力，曹操率军冒着凛冽的寒风，翻越险峻的太行山，挥师北上。在征程的马鞍上，曹操吟唱了这首悲壮的《苦寒行》：

北上太行山，艰哉何巍巍！
羊肠坂诘屈，车轮为之摧。
树木何萧瑟！北风声正悲。
熊罴对我蹲，虎豹夹路啼。
溪谷少人民，雪落何霏霏！
延颈长叹息，远行多所怀。
我心何怫郁？思欲一东归。

水深桥梁绝，中路正徘徊。
迷惑失故路，薄暮无宿栖。
行行日已远，人马同时饥。
担囊行取薪，斧冰持作糜。
悲彼东山诗，悠悠使我哀。

唐玄宗李隆基登基前，曾任潞州（今山西上党）别驾，在西太行的潞州住过长达两年半的时间。李隆基登基后的第二年，首次以皇帝身份来潞州。巍巍太行山吸引着这位新登基的皇帝。玄宗皇帝早晨从黄河北的河阳（今河南孟州）出发，兴致勃勃，志满意得，路经太行山时作《早登太行山中言志》：

清跸度河阳，凝笳上太行。
火龙明鸟道，铁骑绕羊肠。
白雾埋阴壑，丹霞助晓光。
涧泉含宿冻，山木带余霜。
野老茅为屋，樵人薜作裳。
宣风问耆艾，敦俗劝耕桑。
凉德惭先哲，徽猷慕昔皇。
不因今展义，何以冒垂堂。

而在诗人李白的心中，世事艰难，太行山充满了艰险。他被赐金放还被迫离开长安后，一路东行，访洛阳，游嵩山，心中满是怨愤和不甘，北望太行山，写下了著名的《行路难（其一）》：

金樽清酒斗十千，玉盘珍羞直万钱。
停杯投箸不能食，拔剑四顾心茫然。
欲渡黄河冰塞川，将登太行雪满山。
闲来垂钓碧溪上，忽复乘舟梦日边。
行路难！行路难！多歧路，今安在？
长风破浪会有时，直挂云帆济沧海。

见惯大漠戈壁的边塞诗人王昌龄北上太行山，作《悲哉行》，劝人勿听令人忧怨的汉乐府民歌《白头吟》，登山临风观云，莫如远走高飞：

勿听白头吟，人间易忧怨。
若非沧浪子，安得从所愿。
北上太行山，临风阅吹万。
长云数千里，倏忽还肤寸。

观其微灭时，精意莫能论。

百年不容息，是处生意蔓。

始悟海上人，辞君永飞遁。

同是边塞诗人的高适，从淇水上游的隐居地南渡黄河，到梁宋一带去，面对黄河落日，看山巍巍，河茫茫，想到自己背井离乡，远离亲友，无限感慨，作《自淇涉黄河途中作十三首》，其一曰：

东入黄河水，茫茫泛纡直。

北望太行山，峨峨半天色。

山河相映带，深浅未可测。

自昔有贤才，相逢不相识。

古代太行山中有晋、冀、豫三省穿越往来的多条咽喉通道，是三省边界的重要军事关隘。著名的有军都陉、蒲阴陉、飞狐陉、井陉、滏口陉、白陉、太行陉、轵关陉等，古称太行八陉。

晚唐诗人韦庄曾在河南洛阳、济源一带游历，遇战乱，遂由沁阳出发，沿太行陉，登上太行山，直达山西境内的天井关。天井关，也称雄定关，为晋豫边境雄关。太行山的最南部是山西通往河南的关隘。走太行陉，过天井关，韦庄作七律《天井关》，称赞此关的险峻：

太行山上云深处，谁向云中筑女墙？

短绠讵能垂玉甃，縈垣何用学金汤。

劚开岚翠为高垒，截断云霞作巨防。

守吏不教飞鸟过，赤眉何路到吾乡。

那个写鬼诗的洛阳鬼才李贺，大概是往太行山里寻诗去了，初秋时节写了一首《七月一日晓入太行山》。这首诗没有鬼气，倒有点山野之气，情调古朴：

一夕绕山秋，香露溘蒙绿。

新桥倚云阪，候虫嘶露朴。

洛南今已远，越衾谁为熟？

石气何凄凄，老莎如短镞。

唐代陕州诗人姚合曾在魏博节度使幕府中做随军，住在太行山东麓的魏州，作五排《寄送卢拱秘书游魏州》：

太行山下路，荆棘昨来平。

一自开元后，今逢上客行。

地形吞北虏，人事接东京。

扫洒氛埃静，游从气概生。

蓟门春不艳，淇水暖还清。

看野风情远，寻花酒病成。

官闲身自在，诗逸语纵横。

车马回应晚，烟光满去程。

姚合38岁才考中进士，40岁开始做个小官，后来居然在朝中做了大官。他不愿做官，却仕途顺利。这首诗颇有点闲逸之气，符合姚合的性格。

明末清初，诗人陈维崧过太行山，夜宿河南、河北交界的临洺县（今河北邯郸永年区），作词《点绛唇·夜宿临洺驿》，人有奇思，词有古意：

晴髻离离，太行山势如蝌蚪。稗花盈亩，一寸霜皮厚。赵魏燕韩，历历堪回首。悲风吼，临洺驿口，黄叶中原走。

王屋山连着太行山，山峰绵延，一脉相承，在我的眼里，很难分辨出哪是太行哪是王屋。

北宋诗人梅尧臣作《王屋高送王屋知县孙秘丞》：

王屋山高无猿猱，下有黄河水滔滔。

天坛半夜见海白，光动古邑鸡先嗥。

鸡先嗥，绝吠獒，岩居林栖吏莫搔。

山肤有时得虞猎，不比彘肉烹连毛。

闻君今去将效陶，县前种柳芟蓬蒿。

不问公田问民俗，民安事简教儿曹。

河南太守喜恺悌，如此可以无厌劳。

诗人写的是王屋山，也是太行山，北面是绵绵山峦，南面是滔滔黄河，山高水远，古邑野村，鸡鸣狗叫，民风淳朴，令人向往。

黄河岸边寻诗魂

黄河是中华文明最主要的发祥地，是我们的“母亲河”。

黄河全长5400多千米，自西向东流经9个省（自治区），养育了亿万炎黄子孙。

黄河九曲十八弯，见证了中华民族成长、兴衰的历史。

黄河滚滚东去，滔滔不绝，是中华民族的魂魄，寄托着多少诗人的梦想。

唐代诗人王之涣登鹳雀楼望黄河，豪情满怀，写下了千古名篇《登鹳雀楼》：

白日依山尽，黄河入海流。

欲穷千里目，更上一层楼。

李白高歌：

黄河西来决昆仑，咆哮万里触龙门。

杜甫吟诵：

黄河北岸海西军，椎鼓鸣钟天下闻。

孟郊乘舟过黄河，作《泛黄河》以抒怀：

谁开昆仑源，流出混沌河。积雨飞作风，惊龙喷为波。

宋代诗人王安石吟黄河：

派出昆仑五色流，一支黄浊贯中州。

宋代诗人陆游赞黄河气势：

黄河衮衮抱潼关，苍翠中条接华山。

宋代诗人杨万里写黄河之冰雪壮景：

诗成紫寒三更月，马渡黄河十丈冰。

河南处于黄河中下游地段，郑州北部的桃花峪为黄河中下游的分界点。

两千多年来，黄河在河南境内多次改道，溃坝决堤数百次，给河南带来了无穷的灾难。河南为黄河承受了太多太多。

站在黄河岸边，看黄水奔流，不禁感慨万千。

陕州（今河南三门峡市）在河南的最西边，黄河从身旁流过。在三门峡谷激流中有一巍然矗立的巨石，人们称其为“中流砥柱”。唐代著名书法家、诗人柳公权作诗赞中流砥柱：

禹凿锋芒后，巍峨直至今。

孤峰浮水面，一柱钉波心。

元代诗人元好问作《水调歌头·赋三门津》词，极言黄河三门的险峻：

黄河九天上，人鬼瞰重关。长风怒卷高浪，飞洒日光寒。

峻似吕梁千仞，壮似钱塘八月，直下洗尘寰。万象入横溃，依旧一峰闲。

李商隐夜宿陕州，望黄河远去，消失在莽莽峡谷中，惆怅作《次陕州先寄源从事》：

离思羁愁日欲晡，东周西雍此分涂。

回銮佛寺高多少，望尽黄河一曲无。

白居易过陕州，离情别绪满怀，作《别陕州王司马》赠友人：

笙歌惆怅欲为别，风景阑珊初过春。

争得遣君诗不苦？黄河岸上白头人。

陕州有个黄河古渡口茅津渡，历史悠久，地形险要，是沟通晋豫两省的交通要津，与风陵渡、大禹渡并称为“黄河三大古渡”。明代诗人王翰作《茅津晚渡》，描写古渡景色：

峡束春涛万丈深，唤船人立石岩阴。

棹声欸乃连山应，旗影修扬隔水临。

宿雨乍收山积翠，夕阳倒射浪浮金。

南来北去人空老，浩浩东流无古今。

三门峡以下至孟津，黄河穿行于中条山与崤山之间，是黄河最后一个峡谷段，称晋豫峡谷。

孟津渡是黄河上的一个古渡口，因周武王会八百诸侯于此而有名。孟津以下，是黄河由山区进入平原的过渡河段。

唐代诗人胡曾有一首咏孟津的诗，写的就是周武王东渡孟津伐纣之事：

秋风飒飒孟津头，立马沙边看水流。

见说武王东渡日，戎衣曾此叱阳侯。

黄河从洛阳北部的峡谷中冲出，进入广阔的平原，河道渐宽，水流渐缓。洛河汇入黄河，隋唐大运河由此开始，舟楫往来，河运繁忙。唐代边塞诗人王翰有一首《秋怀》，写的是黄河中游这一带两岸的景色：

秋窗昨夜秋风起，百感心成一寸灰。
千里雁来书未至，五更虫语梦初回。
地连洛汭浮云断，山接荥阳夕照开。
何日黄河航一苇，中条山顶望青台。

韦应物自洛河入黄河，乘舟东行，看山高水阔，大河落日，作《自巩洛舟行入黄河即事，寄府县僚友》：

夹水苍山路向东，东南山豁大河通。
寒树依微远天外，夕阳明灭乱流中。
孤村几岁临伊岸，一雁初晴下朔风。
为报洛桥游宦侣，扁舟不系与心同。

李白在被贬出长安后，来到黄河南岸的嵩山脚下。滔滔黄河给予他力量，李白顿生豪情，写下了著名的《将进酒》：

君不见，黄河之水天上来，奔流到海不复回。
君不见，高堂明镜悲白发，朝如青丝暮成雪。
人生得意须尽欢，莫使金樽空对月。
天生我材必有用，千金散尽还复来。

储光羲作《夜到洛口入黄河》：

河洲多青草，朝暮增客愁。
客愁惜朝暮，枉渚暂停舟。
中宵大川静，解缆逐归流。
浦溆既清旷，沿洄非阻修。
登舻望落月，击汰悲新秋。
倘遇乘槎客，永言星汉游。

王安石夜宿荥阳，拴马黄河岸，作《书任村马铺》，写黄河岸边的村野古景：

儿童系马黄河曲，近岸河流如可掬。
任村炊米朝食鱼，日暮荥阳驿中宿。
投老经过身独在，当时洲渚今平陆。
秫黍冥冥十数家，仰视荒蹊但乔木。
冰盘鲙美客自知，起看白水还东驰。
尔来百口皆年少，归与何人共此悲。

黄河入平原，少了高山峡谷的约束，如信马由缰，在黄淮平原上荡来荡去。

黄河

那些曾经繁忙的古渡口如今已无处寻找。白马津位于河南滑县县城西北 5 公里的黄河故道南岸渡口处，是古代兵事和商旅往来的重要南北通道。

陆游作《涉白马渡慨然有怀》，记录了昔日白马津的景象：

我马顾影嘶，忽涉白马津。
虽非黄河上，抚事犹悲辛。
太行之下吹虏尘，燕南赵北空无人。
袁曹百战相持处，犬羊堂堂自来去。

杨巨源作《同薛侍御登黎阳县楼眺黄河》，赞黄河的开阔壮美：

倚槛恣流目，高城临大川。
九回纡白浪，一半在青天。
气肃晴空外，光翻晓日边。
开襟值佳景，怀抱更悠然。

黎阳（今河南浚县）在黄河岸边，曾屡遭黄河水患，见证了黄河改道。

贾岛作《黎阳寄姚合》：

魏都城里曾游熟，才子斋中止泊多。
去日绿杨垂紫陌，归时白草夹黄河。
新诗不觉千回咏，古镜曾经几度磨。
惆怅心思滑台北，满杯浓酒与愁和。

杜甫这首《临邑舍弟书至，苦雨黄河泛溢堤防之患簿……》，记录了黄河水患给人民带来的灾难：

二仪积风雨，百谷漏波涛。
闻道洪河坼，遥连沧海高。
职思忧悄悄，郡国诉嗷嗷。
舍弟卑栖邑，防川领簿曹。
尺书前日至，版筑不时操。
难假鼋鼍力，空瞻乌鹊毛。
燕南吹畎亩，济上没蓬蒿。
螺蚌满近郭，蛟螭乘九皋。
徐关深水府，碣石小秋毫。
白屋留孤树，青天失万艘。
吾衰同泛梗，利涉想蟠桃。
倚赖天涯钓，犹能掣巨鳌。

北宋熙宁十年（1077年），黄河在澶州（今河南濮阳）一带决口，70余日后恢复故道。苏轼作《河复（并叙）》记录了这次黄河水灾：

君不见西汉元光元封间，河决瓠子二十年。
钜野东倾淮泗满，楚人恣食黄河鳣。
万里沙回封禅罢，初遣越巫沉白马。
河公未许人力穷，薪刍万计随流下。
吾君仁圣如帝尧，百神受职河神骄。
帝遣风师下约束，北流夜起澶州桥。
东风吹冻收微绿，神功不用淇园竹。
楚人种麦满河淤，仰看浮槎栖古木。

在诗人的笔下，有黄河的气势，黄河的壮美，黄河的凶险，黄河的开阔，黄河的峡谷险滩，黄河的肆虐无情。黄河给人民带来福祉也带来灾难，造就了中华民族百折不挠的精神。

梅尧臣的这首《黄河》写出了黄河的艰难险阻，也写出了朝发舟唱、走马冰上的豪情：

积石导渊源，沄沄泻昆阆。
龙门自吞险，鲸海终涵量。
怒洑生万滑，惊流非一状。
浅深殊可测，激射无时壮。
常苦事堤防，何曾息波浪。
川气迷远山，沙痕落秋涨。
槎沫夜浮光，舟人朝发唱。
洪梁画鹢连，古戍苍崖向。
浴鸟不知清，夕阳空在望。
谁当大雪天，走马坚冰上。

如今的黄河经过多年的治理，已经没有了昔时的狂野凶险，也无洪灾水患，岁岁安澜。然而，黄河穿山越峡，滚滚东去，气势依旧，精神长存！

淮水之滨留诗情

淮河是中国重要的内陆河流之一，发源于河南南部的桐柏山，历史上因为曾有独立的入海口而流域广大。

淮河和秦岭一起构成了中国南方和北方的地理分界线。

河南信阳位于淮河上游，西周时期，信阳境内分布着申、息、弦、黄、江、蒋、蓼等诸侯国，后相继被楚国吞灭。

“战国四公子”之一的春申君黄歇是黄国（今河南潢川）人，生于江夏，曾任楚国宰相。黄歇学识渊博，治理楚国有功，楚考烈王将淮河以北12县赐给他为封地。后封地变为苏州太湖一带，黄歇在吴国故都修建城堡作为都邑。

有人考证，上海叫申城，黄浦江源于黄歇浦，都与纪念春申君黄歇有关。

然而，春申君养的三千门客，多是沽名钓誉之人，有个门客甚至穿着缀满珠宝的鞋子以示炫耀。最后春申君却死于自己的大舅子、赵国人李园之手。

唐代诗人杜牧有《春申君》一首，对春申君之死颇为感慨：

烈士思酬国士恩，春申谁与快冤魂？

三千宾客总珠履，欲使何人杀李园？

北宋政治家、史学家、文学家司马光出生于光州（今河南信阳光山），7岁时就作出了“砸缸救友”的惊人之举。后登进士第，主持编纂了中国历史上第一部编年体通史《资治通鉴》。

淮河悠悠东去，流传着多少传奇故事，承载着多少人间情谊。

唐代诗人白居易在淮河之滨发问：

自嗟名利客，扰扰在人间。

何事长淮水，东流亦不闲？

南宋诗人杨万里在淮河南岸北望，国破家亡，满腔愁绪，作《初入淮河四绝句》：

船离洪泽岸头沙，人到淮河意不佳。

何必桑乾方是远，中流以北即天涯！

唐代诗人王建曾任光州刺史。中秋之夜，桂花飘香，王建伫立庭院，思念远方好友，作《十五夜望月寄杜郎中》以表情怀：

中庭地白树栖鸦，冷露无声湿桂花。

今夜月明人尽望，不知秋思落谁家？

诗人贾岛到光州去看望王建，看庭前碧水，水中鲜荷，岸边绿柳，夕阳临窗，作诗称赞光州景色：

楚水临轩积，澄鲜一亩余。

柳根连岸尽，荷叶出萍初。

极浦清相似，幽禽到不虚。

夕阳庭际眺，槐雨滴疏疏。

信阳古称申州。唐末诗人崔涂一生四处漂泊，漫游申州时作《申州道中》，思念家乡，诗意苍凉：

风紧日凄凄，乡心向此迷。

水分平楚阔，山接故关低。

客路缘烽火，人家厌鼓鼙。

那堪独驰马，江树穆陵西。

宋代诗人曾几作诗称赞光山风光：

听说光州好，淮山是四邻。

凝香无一事，奠枕有余民。

世以文章著，朝须宠数频。

西湖便归去，应不待班春。

光州的青山秀水间有大苏山、小苏山两座山。北齐天保年间，僧人慧思经过此地，遇到一个姓苏的老者。慧思想起临行前师父“遇三苏而往”的赠言，遂留在大苏山，建了净居寺，从此这里晨钟暮鼓，香火袅袅，成为佛教天台宗的发祥地。

当年苏轼在湖州知府任上，被人诬陷诽谤皇帝，在死囚牢里被关了 4 个多月，后来经亲朋多方营救，才被释放，被贬谪到黄州做团练副使。

在赴任的路上，苏轼先到新息县（今河南息县），后过淮河，作诗称：

朝离新息县，初乱一水碧。

暮宿淮南村，已渡千山赤。

苏轼到光山的目的是上大苏山净居寺，大苏山是他心中的“吾家山”。

经过这场劫难，苏轼对仕途心灰意冷，他在诗中表达了对晨钟暮鼓生活的向往：

十载游名山，自制山中衣。
愿言毕婚嫁，携手老翠微。
不悟俗缘在，失身蹈危机。
刑名非夙学，陷阱损积威。
遂恐生死隔，永与云山违。
今日复何日，芒鞋自轻飞。
稽首两足尊，举头双涕挥。
灵山会未散，八部犹光辉。
愿从二圣往，一洗千劫非。
徘徊竹溪月，空翠摇烟霏。
钟声自送客，出谷犹依依。
回首吾家山，岁晚将焉归？

苏轼的大弟子黄庭坚也与淮河结下不解之缘，他也到过光山净居寺，并在过息县时作《新息渡淮》一诗：

京尘无处可轩眉，照面淮滨喜自知。
风里麦苗连地起，雨中杨树带烟垂。
故林归计嗟迟暮，久客平生厌别离。
落日江南采蘋去，长歌柳恽洞庭诗。

信阳位于河南最南部，东连安徽，南接湖北，有淮水之清、大别山之秀，风景宜人，历来为人称道。清乾隆十二年（1747 年），信阳知州张钺有感于信阳风光之美，写下了八首诗，即《贤岭松风》《浉河泛月》《申塔朝晖》《奎楼晚照》《龙潭瀑布》《雷沼喷云》《龟山晴雪》《长台古渡》。此后这八首诗描绘的风景成了“信阳八景”。现抄录信阳八景诗之一《贤岭松风》，作为此文的结束语。

昔贤高隐处，遗岭檀清幽。
松密烟速望，风翻翠欲流。
梵间多宝刹，坐爱满林秋。
疑是蓬莱境，申南作胜游。

沙河水曲有清音

沙河发源于河南省鲁山县伏牛山深处，流经平顶山、宝丰、叶县、襄城、舞阳、郾城、漯河、西华、商水，至周口市西汇入颍河。

澧河，发源于方城县，流经叶县、舞阳县，至漯河市汇入沙河。

沙河孕育了平顶山、漯河、周口等豫南明珠，更孕育了数千年的沙河文明史。

站在漯河的沙河之畔，看碧波荡漾，垂柳依依，游人如织，景色如画。读沙河历史，咏古人诗句，仿佛看到一幅幅生动的历史画面。

沙河流域有著名的历史遗存：在舞阳县城北的沙河之滨贾湖遗址发现的契刻符号，距今已有 8000 多年的历史；出土的七音骨笛将世界音乐文化史向前推进了 3000 多年。

在漯河东边的召陵发生了历史上著名的召陵之盟，那就是春秋时期以齐国为首的中原诸侯国与楚国的会盟，巩固了齐桓公的霸主地位。

唐代诗人胡曾在召陵作的咏史诗，就是对召陵会盟有感而发：

小白匡周入楚郊，楚王雄霸亦咆哮。

不思管仲为谋主，争取言征缩酒茅。

南宋名将岳飞领导的郾城大捷也发生在沙河两岸，据说岳飞那首著名的《满江红》就写于郾城大捷之后：

怒发冲冠，凭栏处，潇潇雨歇。抬望眼，仰天长啸，壮怀激烈。三十功名尘与土，八千里路云和月。莫等闲，白了少年头，空悲切。

靖康耻，犹未雪；臣子恨，何时灭。驾长车，踏破贺兰山缺。壮志饥餐胡虏肉，笑谈渴饮匈奴血。待从头，收拾旧山河，朝天阙。

唐代“舞蹈家”公孙大娘是郾城北街人。杜甫少年时，曾在郾城观看公孙大娘舞剑，“剑器浑脱，浏漓顿挫”，给杜甫留下了深刻的印象。若干年后，年老的杜甫在白帝城见到了公孙大娘的弟子李十二娘舞剑，追忆往事，恍如昨天，心中感慨，作《观公孙大娘弟子舞剑器行》。诗曰：

昔有佳人公孙氏，一舞剑器动四方。
观者如山色沮丧，天地为之久低昂。
霍如羿射九日落，娇如群帝骖龙翔。
来如雷霆收震怒，罢如江海凝清光。
绛唇珠袖两寂寞，晚有弟子传芬芳。
临颍美人在白帝，妙舞此曲神扬扬。
与余问答既有以，感时抚事增惋伤。

西汉开国元勋、大将军樊哙，曾被封舞阳侯。黄庭坚曾去舞阳樊侯庙拜祭，并作诗赞其功劳：

汉兴丰沛开天下，故旧因依日月明。
拔剑一卮戏下酒，剖符千户舞阳城。
鼓刀屠狗少时事，排闼谏君身后名。
异日淮阴傥相见，安能鞅鞅似平生。

北宋南宋之交的诗人陈与义，常忧国忧民，沉默寡言，在天寒风急的隆冬季节夜宿舞阳，心情颇为沉重，作《次舞阳》：

客子寒亦行，正月固多阴。
马头东风起，绿色日夜深。
大道不敢驱，山径费推寻。
丈夫不逢此，何以知岖嵚。
行投舞阳县，薄暮森众林。
古城何年缺，跋马望日沉。
忧世力不逮，有泪盈衣襟。
嵯我西北云，想像折寸心。

南宋诗人杨万里经过舞阳渡口，看山盘水绕，心情愉悦，作《自生米小路出舞阳渡》：

独径千盘绕水田，初逢官路一欣然。
舞阳渡口新河水，白发重来二十年。

沙河、颍河交汇一带的淮阳，古称宛丘、陈州，是历史名城。当年李白穷游于梁宋、陈州一带，看前途渺茫，有些心灰意冷，想把自己的佩剑都交了，从这首《送侯十一》中可见一斑：

朱亥已击晋，侯嬴尚隐身。

时无魏公子，岂贵抱关人。

余亦不火食，游梁同在陈。

空余湛卢剑，赠尔托交亲。

唐代诗人杜牧客居淮阳，疾病缠身，作《初冬夜饮》：

淮阳多病偶求欢，客袖侵霜与烛盘。

砌下梨花一堆雪，明年谁此凭栏干？

宋代诗人王禹偁以学习白居易诗扬名，这首《和陈州田舍人留别》的确清新自然：

淮阳冰绽柳条新，风物暄妍土俗淳。

捧诏暂辞双阙路，劝农深入四郊春。

茶烟静拂听琴鹤，谷雨轻笼锄麦人。

赢得褰帷恣吟兴，落花飞絮满车茵。

苏轼的弟弟苏辙年轻时曾在陈州做学官教授，苏轼在赴杭州任通判途中来看望弟弟，在陈州住了 70 多天。兄弟二人在陈州附近游玩，苏轼作诗多首称赞陈州景色：

其一：

蛙鸣青草泊，蝉噪垂杨浦。

吾行亦偶然，及此新过雨。

其二：

烟火动村落，晨光尚熹微。

田园处处好，渊明胡不归。

几年后，苏轼赴黄州途中，再游陈州，作七律一首：

白酒无声滑泻油，醉行堤上散吾愁。

春风料峭羊角转，河水渺绵瓜蔓流。

君已思归梦巴峡，我能未到说黄州。

此身聚散何穷已，未忍悲歌学楚囚。

宋代诗人张耒晚年久居淮阳，自称“宛丘先生”，作诗赞古城淮阳：

淮阳古帝墟，鄙夫少所游。

最爱城西路，槐榆拱高秋。

城下古濠水，清澄泓不流。

嗟哉始封君，千古留一丘。

西风臛新兔，鱼鳖亦易求。

谷穗如垂珠，松林风飕飕。

异乡仍谪官，一步九回头。

何时守一廛，白首自锄耰。

宋代理学家程颢曾在周口扶沟县任知县，重教育，建书院，爱民化民，深得民心。他有一首五言律诗，写得颇为高雅：

盛集兰亭旧，风流洛社今。

坐中无俗客，水曲有清音。

香篆来还去，花枝泛复沉。

未须愁日暮，天际是轻阴。

好一个“水曲有清音”！沙河、颍河，蜿蜒曲折，千年流淌，绵绵不绝。它们所流传的中原文化，不就是历史的清音吗？

竹林七贤，魏晋风度

地处豫西北太行山南麓的焦作市，有一片我国黄河以北地区面积最大的竹林。这里翠竹万亩，被称为“华北竹乡”。魏晋时期“竹林七贤”的故事就发生在这里。

焦作竹林已有2000年之久，在战国至西汉初期，太行山下、丹水河畔，已有繁茂的竹林。

焦作古称山阳、怀州，属河内郡。山阳的这片竹林深深地吸引着魏末晋初的七位名士：嵇康、阮籍、山涛、刘伶、阮咸、向秀和王戎。这七位名士中有两个安徽人嵇康和刘伶，一个山东人王戎，更有四个河南人：开封人阮籍和阮咸，焦作人山涛和向秀。他们集于竹林之下，醉酒、纵歌，恣意欢宴，狂放不羁，人称“竹林七贤”。

魏晋时期，朝廷更迭，政治黑暗，战争不断，社会动荡。曹丕取代汉献帝，建国号魏。曹魏末年，司马氏执政，司马炎取代曹魏，建立西晋。许多文人学士不愿同流合污，故而采取不涉是非、明哲保身的态度。其实，他们就是一帮隐士兼“驴友”，自命不凡，悲观厌世，隐于山林，饮酒作乐，寻求解脱。

山涛为人厚道，是“竹林游”的组织者，其他几人是小兄弟。山涛处事谨慎，在曹氏与司马氏权力争夺的关键时刻，他隐身躲避。当司马氏掌权的局面已经形成时，他才出来。山涛与司马氏是很近的姻亲，靠着这层关系，他开始做的是小官，后来做了吏部尚书。山涛做事很有分寸，他生活俭约，饮酒而不醉酒，务实而不清谈。嵇康曾有《与山巨源绝交书》一文，时人因此对山涛颇多鄙夷。但他仍视嵇康为朋友，在嵇康被杀后扶养嵇康的儿子，并在20年后荐举嵇康的儿子嵇绍为官。显然，嵇康也是懂山涛的，他在死前把自己年幼的儿子托付于山涛。

嵇康是“竹林七贤”的精神领袖，是个音乐家，弹得一手好琴。他崇尚老庄，曾说：“老庄，吾之师也！” 嵇康有一项爱好，那就是打铁。大柳树下，向秀拉风箱，嵇康抡锤，叮当作响，挥汗如雨，痛快淋漓！大将军司马昭要聘嵇康为幕府属官，嵇康跑到河东郡躲起来。同为“竹林七贤”的山涛举荐嵇康为官，嵇康竟然把他的好心当作驴肝肺，写了一篇《与山巨源绝交书》，列出自己有“七不堪”“二不可”，坚决拒绝为官。后来，嵇康稀里糊涂被人陷害，被判死刑。临刑前，嵇康神色不变，如同平常一般。他抬头看看太阳，向兄长嵇喜要来平时爱用的琴，在刑场上弹了一曲《广陵散》。曲毕，从容就戮。

阮籍是“建安七子”之一阮瑀的儿子，自负而狂妄，嘲笑刘邦、项羽：“世无英雄，使竖子成名。”阮籍在政治上本有济世之志。当时明帝曹叡已亡，由曹爽、司马懿辅助曹芳，二人明争暗斗，政局十分险恶。阮籍于是就玩起了“躲猫猫”。司马昭想与阮籍联姻，阮籍竟大醉60天。然而，阮籍还是接受了司马氏授予的官职，先后做过司马氏父子三人的从事中郎，当过散骑常侍、步兵校尉等。他还被迫为司马昭自封晋公写过“劝进文”。

向秀，少年颖慧，好老庄之学，作《庄子隐解》，解释玄理。向秀本隐居不出，嵇康被害后，在司马氏的高压下，他不得不应征到洛阳。后任散骑侍郎，又转黄门散骑常侍。

酒徒刘伶自称“天生刘伶，以酒为名”。喝酒时常常让人抬一口棺材放在旁边，人称“抬棺畅饮”。一次有客来访，他不穿衣服，光着身子迎客。客责问他，他说：“我以天地为栋宇，以屋室为裤衣，诸君何为入我裤中？”

王戎自幼聪颖，神采秀美。但王戎也是七贤中最世俗的一位，贪图功名利禄，宦海沉浮，明哲保身。晋武帝时，历任吏部黄门郎、散骑常侍、河东太守、荆州刺史、吏部尚书等职。惠帝时，官至司徒。热衷名利，性极贪吝，田园遍及诸州，富甲京城。

阮咸是阮籍之侄，妙解音律，善弹琵琶，为当时著名的音乐家。他与阮籍一样狂放不羁。他曾与姑母家婢女私下要好，后来婢女走了，他借驴骑上追赶，终于把婢女追回来了，并生了一个儿子。有一次，他和亲友在一起喝酒，不是用酒杯喝，而是用大盆盛酒，喝得醉醺醺的。当时有一大群猪走来饮酒，阮咸就和猪们一起喝起来，于是就有“与豕同饮”传为笑谈。

“竹林七贤”颇有才情。阮籍是建安以来第一个全力创作五言诗的人，作《咏怀诗》82首，其一曰：

夜中不能寐，起坐弹鸣琴。
薄帷鉴明月，清风吹我襟。
孤鸿号外野，翔鸟鸣北林。
徘徊将何见？忧思独伤心。

嵇康作《与山巨源绝交书》，向秀作《思旧赋》，刘伶作《北芒客舍诗》。然而，与他们的狂浪行为、精彩故事相比，他们的诗文逊色多了，流传下来的也少，甚为遗憾。

美男潘安的美貌与才情

西晋潘安号称中国古代第一美男。

潘安有多帅？有个“掷果盈车”的典故说的就是潘安。

史书记载：“安仁至美，每行，老妪以果掷之满车。”意思是说，潘安长得俊美，年轻时驾车走在街上，连老妇都为之着迷，把水果往潘安的车里丢，丢了满满一车水果。由此看来，西晋时已有追星之风，连老妇也是追星族，足见潘安之美。

潘安即潘岳，字安仁。籍贯河南中牟，是西晋著名文学家。

潘岳为什么被后人称为潘安？缘于杜甫的一首《花底》诗：

恐是潘安县，堪留卫玠车。

这位卫玠也是个美男，潘安、兰陵王、宋玉、卫玠并称古代四大美男。

这里边有个说道：潘安30多岁当了河阳（今黄河以北孟津、吉利一带）县令，知道“绿水青山就是金山银山”的道理，着力治理环境。他偏爱桃花，便令全县遍种桃花，遂有“河阳一县花”之说。

多年后，杜甫写了这首《花底》诗，潘岳自此便被称为潘安。

潘安不仅貌美，而且有才，是西晋著名的文学家。

史记潘安少年即有才名。20来岁时，逢晋武帝司马炎下乡耕田作秀。当时文人纷纷献诗，潘安作了一首《藉田赋》，洋洋洒洒千言，辞藻优美，备受赞赏。

在汉魏晋那个时代，赋写得好是文人的最高成就。潘安的《秋兴赋》《闲居赋》《藉田赋》是那个时代的顶峰。

下面是《闲居赋》中的一段，可见潘安文采：

爰定我居，筑室穿池，长杨映沼，芳枳树檎，游鳞瀺灂，菡萏敷披，竹木蓊蔼，灵果参差。张公大谷之梨，溧侯乌椑之柿，周文弱枝之枣，房陵朱仲之李，靡不毕植。三桃表樱胡之别，二柰耀丹白之色，石榴蒲桃之珍，磊落蔓延乎其侧。梅杏郁棣之属，繁荣藻丽之饰，华实照烂，言所不能极也。

潘安和陆机是魏晋第一流的文学家，后人用“陆才如海，潘才如江”来形容潘安与陆机。

潘安的诗歌名列钟嵘《诗品》中上品，特别是《悼亡诗》更成为中国文学史悼亡题材的开先河之作，历代被推为第一，成为中国古代文学史上的名篇。现抄录潘安三首悼亡诗中的一首以飨读者：

荏苒冬春谢，寒暑忽流易。
之子归穷泉，重壤永幽隔。
私怀谁克从，淹留亦何益。
黾勉恭朝命，回心反初役。
望庐思其人，入室想所历。
帏屏无仿佛，翰墨有余迹。
流芳未及歇，遗挂犹在壁。
怅恍如或存，回惶忡惊惕。
如彼翰林鸟，双栖一朝只。
如彼游川鱼，比目中路析。
春风缘隙来，晨溜承檐滴。
寝息何时忘，沉忧日盈积。
庶几有时衰，庄缶犹可击。

《悼亡诗》是潘安悼念亡妻杨氏的诗作。杨氏是西晋书法家戴侯杨肇的女儿。潘安与杨氏夫妇感情很好，杨氏去世后，潘安写了一些悼亡诗赋，表达了诗人与妻子的深厚感情。潘安是个大美男，却能用情专一，夫妻恩爱，确实难能可贵。

潘安还是个孝子。他做河阳县令时，父亲已去世，潘安接母亲到河阳精心侍奉。每到花开时节，他总是搀扶母亲赏花游乐。后来，他的母亲得病想回老家，潘安遵从母意，随即辞官奉母回乡。

潘安 50 岁时作《闲居赋》，总结自己的坎坷仕途：八次交流任职，一次提升，两次被撤职，一次被除名，一次没就任，三次被外放。

史书指潘安性格浮躁，趋于势利。当时西晋开国第一功臣贾充的外孙贾谧权势滔天，喜好文学，开阁延宾。潘安与石崇、陆机、刘琨、左思等皆依附于贾谧，并为“贾谧二十四友”。他们每次都在街上等候贾谧出门，看到飞起的尘土就开始下拜，被称为“望尘而拜”。他们经常在巨富石崇的金谷园里饮酒作诗，也被称为“金谷二十四友”。

然而，宫廷多变，官场险恶，潘安卷入党争，深陷泥淖，最后被夷灭三族。

一介书生，一代文豪，稀里糊涂做了宫廷斗争的牺牲品，悲哉惜哉！

杜甫祖父杜审言

人们一般都知道“诗圣”杜甫，却不知道他还有一个狂妄的诗人爷爷杜审言。

杜审言是个牛人。一是他恃才傲物，狂妄自大，口出狂言，因言获罪，差点儿被人害死。用现在的话说，就是有点吹牛。二是他工于五律，对近体诗之形成与发展有点贡献，被后人称为中国五言律诗的奠基人。

杜审言在咸亨元年（670 年）登进士第，当了个小小的县尉。武则天当政时期，杜审言在吏部任校考使。按照唐代的考核制度，无论是中央官吏还是地方官吏，每年都要写一份述职报告交到吏部，吏部则要组织人员审阅评判，作为对官员考核和升迁任用的依据。校考使的一项重要职责，就是给这些述职报告写评语，杜审言在吏部干的就是写评语的差事。

有一次，杜审言写完评语，自己都被自己的文采感动了，放下笔感叹说：“味道必死。”此“味道”不是饭菜的味道，而是指苏味道——时任天官侍郎，吏部的二把手，杜审言的顶头上司。周围的同事一听，吓了一跳，赶紧问：“怎么了？出了什么事情？”杜审言一笑，说：“彼见吾判，且羞死。”意思是说，苏味道如若见了我写的判词，自愧弗如，肯定会羞愧而死。

好在苏味道很坚强，也很有胸怀，看了杜审言的判词并没有羞愧而死，据说也没有打击报复，但要赏识杜审言也很难。苏味道后来做了宰相，杜审言却在吏部待了很多年，官没见升，还被调出了京师，几经变迁，“累转”为洛阳县丞。

然而人生的挫折并没有击倒杜审言的盲目自信。一次，杜审言对人不无轻蔑地说：“吾文章当得屈、宋做衙官，吾笔当得王羲之北面。”用今天的话来说就是，我若写文章，屈原、宋玉只配替我打下手；我若玩书法，王羲之见了我都得北面称臣。听的人都瞠目结舌，被杜审言的狂妄吓到了。

杜审言的狂妄自大、口无遮拦，终究还是给他惹了祸，差点儿要了他的命。

他从洛阳县丞被贬为吉州司户参军后，又得罪了司马周季童、司户郭若讷，两人合谋诬陷杜审言，结果杜审言被定了死罪。然而杜审言13岁的儿子杜并可不得了，少年英雄，为父报仇，刺杀了周季童，杜并也被侍卫武士当场杀死。事态震惊朝野，都夸杜审言的儿子杜并是个大孝子。

唐代重视以孝治天下，杜并杀仇救父的血案惊动了武则天，她赦免了杜审言的罪，并召见了杜审言。朝堂之上，武则天向杜审言表达了慰问，宣布要重用他，然后问杜审言说："卿欢喜否？"用儿子的死换来了他的官位，他能高兴吗？杜审言此时只能手舞足蹈，假装糊涂。武则天再令他赋一首欢喜诗，杜审言的确有才，立时就章。武则天读后极为欣赏，赐予他著作佐郎，官至膳部员外郎。后因勾结张易之兄弟，又被流放到峰州。不久，又被召回任国子监主簿、修文馆直学士，直到病逝。

然而，即使死期将至，杜审言也不忘吹牛。当好友宋之问、武平一前去看望他时，杜审言对他们二人说："我受尽了造化小儿的苦，还有什么可说的！不过我活着老是让你们出不了头，如今我快死了，只是遗憾找不到接替我的人呀！"这算是杜审言的黑色幽默吧！

杜审言这般狂妄吹嘘，也还是有点真才实学的。比如他的代表作《和晋陵陆丞早春游望》：

独有宦游人，偏惊物候新。
云霞出海曙，梅柳渡江春。
淑气催黄鸟，晴光转绿蘋。
忽闻歌古调，归思欲沾襟。

这首诗的确写得很好，韵脚分明，平仄和谐，对仗工整，已是成熟的律诗作品。胡应麟更是盛赞它为"初唐五律第一"。

杜审言年轻时与李峤、崔融、苏味道齐名，并称"文章四友"。他身后留有文集十卷，今已不传，流传下来的只有40多首诗。

杜甫并没有得到过祖父的亲身教诲，他是在杜审言去世4年后才出生的，但杜甫对祖父的诗推崇之至，称赞"吾祖诗冠古"，还说祖父"修文于中宗之朝，高视于藏书之府，故天下学士到于今而师之"。杜甫在儿子过生日的时候，曾无比骄傲地说："诗是吾家事，人传世上情。"你看，一向沉稳内敛的杜甫也有点祖父杜审言的狂妄味道了。

杜审言葬于偃师的首阳山前祖茔。过了100余年，杜甫的遗骨也归葬这里，与祖父相伴。

为皇帝写诗的诗人沈佺期

相州内黄（今河南安阳市内黄县）人沈佺期，字云卿，是唐代著名诗人。沈佺期与同时代的另一位诗人宋之问齐名，人称“沈宋”。他们的近体诗格律谨严精密，被认为是律诗体制定型的代表诗人。

沈佺期、宋之问二人都是宫廷诗人出身，伴随皇帝左右，作一些应制诗文，因而被后人看不起。其实，他们的诗写得都很好。

沈佺期在唐高宗上元二年（675 年）进士及第，时年 18 岁，可谓少年得志。沈佺期一入仕途就直接进入了唐王朝最高权力机构的圈子里，他最开始的职务是协律郎，并兼做文秘工作。每逢皇帝出巡或有大型活动时，他便跟随做一些应制诗文，为朝廷歌功颂德，哄皇帝高兴。

应制诗辞藻华丽，对仗精工，彰显皇家富贵气象，被人概括为“典丽富艳”。

沈佺期这首《奉和春日幸望春宫应制》，虽然也是内容空泛，形式华丽，但写得清新流畅，颇有文采：

芳郊绿野散春晴，复道离宫烟雾生。
杨柳千条花欲绽，蒲萄百丈蔓初萦。
林香酒气元相入，鸟啭歌声各自成。
定是风光牵宿醉，来晨复得幸昆明。

有人评价这首诗“无一处堆砌辞藻，无一处用典，自然畅达而不造作，有真实之景，真实之情”。

这首《岁夜安乐公主满月侍宴》很明显是为皇帝女儿的满月宴而作，是奉旨谄媚之作：

除夜子星回，天孙满月杯。
咏歌麟趾合，箫管凤雏来。

岁炬常然桂，春盘预折梅。

圣皇千万寿，垂晓御楼开。

沈佺期因为应制诗写得好，获得皇帝的绯鱼之赐，被赏锦袍。沈佺期、宋之问二人都参与编辑大型类书《三教珠英》，被武则天赏识，得到升迁。沈佺期在30岁左右晋升为考功员外郎，官居五品。考功员外郎主要从事科举考试的一些事宜，并不忙。此时他的主要工作仍然是侍从武皇，作诗应对。后来沈佺期升任给事中、尚书，“三春给事省，五载尚书郎”。大概在给事中任上3年，尚书任上5年。给事中在唐代时是很大的官，具体负责中书省的日常政务工作。尚书在唐代时一般由正三品以上官员充任，位列九卿，完全可以用“显赫”来形容。

然而，一场宫廷斗争改变了宫廷诗人的命运。神龙元年（705年），女皇武则天下台，她在长安的一批亲信旧臣遭到了清算。沈佺期因结交武则天的宠臣张易之兄弟而深陷牢狱，受尽折磨，出狱后被流放到今越南北部，差点儿客死他乡。五年后，沈佺期被平反昭雪，召回宫中，做了个修文馆直学士之类的闲官。

大概是对宫廷斗争害怕了，为明哲保身，二进皇宫的沈佺期还是免不了再写应制诗。这首《龙池篇》是写给唐玄宗的，写得“高大上”，用了五个“龙”字、四个“天”字，让唐玄宗很满意：

龙池跃龙龙已飞，龙德先天天不违。

池开天汉分黄道，龙向天门入紫微。

邸第楼台多气色，君王凫雁有光辉。

为报寰中百川水，来朝此地莫东归。

其实，沈佺期很有才华，诗写得一流。他不仅写应制诗，还写自述诗、别离诗、战争诗、山水诗。尤其是在被赶出皇宫之后，命运多舛，世态炎凉，加之接触了下层社会，沈佺期的诗风大变，按现在的说法，就是更加接地气了。如他的这首《杂诗》：

闻道黄龙戍，频年不解兵。

可怜闺里月，长在汉家营。

少妇今春意，良人昨夜情。

谁能将旗鼓，一为取龙城。

这首反战诗，是沈佺期的传世名作，被选入《唐诗三百首》。诗通过写闺中怨情揭露了战争给人民生活带来的痛苦，表达了诗人对人民的关切和同情。

《夜宿七盘岭》是一首五律：

独游千里外，高卧七盘西。

山月临窗近，天河入户低。
芳春平仲绿，清夜子规啼。
浮客空留听，褒城闻曙鸡。

这首诗是初唐五律的名篇，格律已臻严密，通篇对仗，精工巧对，表现出诗人较高的艺术才能。而气韵流畅，写景抒怀，富有情趣和意境。

《独不见》是一首七律：

卢家少妇郁金堂，海燕双栖玳瑁梁。
九月寒砧催木叶，十年征戍忆辽阳。
白狼河北音书断，丹凤城南秋夜长。
谁谓含愁独不见，更教明月照流黄！

这首七律是唐代诗人沈佺期的代表作之一。借用了乐府古题“独不见”。诗的主人公是一位长安少妇，她所思而不得见的是征戍辽阳十年不归的丈夫。诗人以委婉缠绵的笔调，描述思妇的哀怨。全诗辞藻典雅，华美艳丽，情真意切，被历代诗评家认为是温丽高古之佳篇。

《唐才子传》记载了沈佺期和宋之问对律诗发展的贡献：自魏建安迄江左，诗律屡变。至沈约、鲍照、庾信、徐陵，以音韵相婉附，属对精致。及佺期、之问，又加靡丽。回忌声病，约句准篇，著定格律，遂成近体，如锦绣成文，学者宗尚。语曰：“苏、李居前，沈、宋比肩。”谓唐诗变体，始自二公，犹汉人五言诗始自苏武、李陵也。这是对沈佺期比较客观的评价。

王湾：一首名诗万古传

唐代洛阳诗人王湾，流传下来的诗不多，只有10首，但一首《次北固山下》，名扬天下，万古流传。

王湾官做得不大，学问不小。他在唐玄宗先天年间进士及第，授荥阳县主簿，相当于今天的办公室主任。约开元五年（717年），被朝廷选中校正群籍，通撰古今书目，历时5年，和别人一起编撰《群书四部录》200卷。又编校丽正书院藏书，对南朝梁、齐以后的诗文集进行了大量的编校工作。由此可见，王湾是个大学问家。书成之后，因修编有功，王湾被授洛阳尉，给洛阳的主政官打下手。王湾的官运也到此结束。

作为开元初年的北方诗人，王湾往来于吴楚间，为江南清丽山水所倾倒，并受到当时吴中诗人清秀诗风的影响，写下了一些歌咏江南山水的作品，《次北固山下》就是其中最为著名的一篇，受到历代推崇。《次北固山下》诗曰：

客路青山外，行舟绿水前。
潮平两岸阔，风正一帆悬。
海日生残夜，江春入旧年。
乡书何处达？归雁洛阳边。

北固山在今江苏镇江市以北，三面临江。“次”是停的意思。诗人一路行来，船停在北固山下，看到青山绿水，潮平岸阔，风正帆悬，残夜归雁，触发了心中的情思，吟出了这一千古名篇。

这是一首五言律诗，无论内容和形式，还是艺术和思想，都达到了前所未有的高度，被后世尊为经典。前三联对仗极为工整，精思巧想；尾联回归主题，引申思想，画龙点睛。

律诗的首联一般不要求对仗，但《次北固山下》首联就是工对且对得精妙。“客路”对“行舟”，“青山”对“绿水”，一个“外”一个“前”。行舟“绿水”，驶向“青山”，与尾联“归雁洛阳”遥相呼应。

颔联的“潮平两岸阔”，写得恢宏阔大。春潮涌涨，江水浩渺，放眼望去，江面与水岸齐平。下一句“风正一帆悬”，十分精彩。“悬”是高高挂起的样子。诗人不用“风顺”而用“风正”，相当传神，通过“风正一帆悬”这一小景，把平野开阔、大江直流、波平浪静的大景表现出来。

颈联愈见深入，也愈见精彩。岁暮夜残，海上日出；江上春天，悄然已至。当残夜还未消退之时，一轮红日已从海上升起；当旧年尚未逝去，江上已露出春意。日出夜隐，冬去春来，时光匆匆，这怎能不叫身在“客路”的诗人顿生思乡之情呢？这一联历来脍炙人口，当朝宰相张说将此联亲自书写悬挂于宰相政事堂上，作为文人学士学习的典范。

诗的结尾正面道出了思乡的主题。“乡书何处达？归雁洛阳边。”从镇江到洛阳，相去千里，家书难寄。此时，天空中飞过一群北归的大雁，勾起了诗人的思乡之情。诗中笼罩着一股淡淡的乡思愁绪。

王湾应该是个大才子、大诗人，可惜的是，他的诗流传下来的只有区区10首，其中9首五言诗，另一首七言诗只有“月华照杵空随妾，风响传砧不到君”两句。

除《次北固山下》外，王湾的另外8首五言诗也颇显功夫。

《奉和贺监林月清酌》：

华月当秋满，朝英假兴同。
净林新霁入，规院小凉通。
碎影行筵里，摇花落酒中。
消宵凝爽意，并此助文雄。

写华月秋夜，静林凉院，碎影摇花，诗意清新淡雅。

《观搊筝》：

虚室有秦筝，筝新月复清。
弦多弄委曲，柱促语分明。
晓怨凝繁手，春娇入曼声。
近来唯此乐，传得美人情。

写筝曲委婉，娇语曼声，音韵颇为传神。

祖咏：四句小诗中进士

唐代洛阳诗人祖咏最有名的一首诗是《终南望余雪》：

终南阴岭秀，积雪浮云端。

林表明霁色，城中增暮寒。

这首五言绝句是祖咏参加科举考试时的应试诗，虽然只有四句，却很精彩，并赢得考官青睐，破格录为进士，金榜题名。

此诗的创作过程，有着一番颇不寻常的经历。那年冬天，祖咏到了京城长安参加进士考试。按照当时的考试惯例，举子们要写上一首六韵十二句的五言排律诗。但祖咏只写了四句就交卷了。考官问他为什么只写四句，他说："意尽。"考官看后，也不禁频频点头。

这首诗从"望"字着眼，描写了终南山的雪景。从长安远望终南山，山顶的积雪仿佛飘浮在云端，一个"浮"字绝妙！雪后天霁，夕阳的余光洒在山上，染红了山林。然而，山上雪景虽好，城中百姓衣寒。诗人的目光没有只停留在观赏风景的表面，从而使诗的主题得到升华。

祖咏只写了二韵四句诗，显然不符合科考要求。那如果将这首诗扩展为六韵十二句呢？也许就有画蛇添足之嫌了。祖咏破了科考规矩，考官却给予破格录取，足见考官之开明，朝廷之爱才，大唐之气量。

清人焦袁熹评论祖咏的这首诗："如此不拘，诗安得不高？意尽即不须续，更难在举场中作如此事。"这首《终南望余雪》被收入《唐诗三百首》中。

祖咏的另一首代表作《望蓟门》，描写边塞苍凉，沙场壮阔，抒发了诗人立功报国的壮志：

燕台一望客心惊，箫鼓喧喧汉将营。

万里寒光生积雪，三边曙色动危旌。

祖咏《终南望余雪》

沙场烽火连胡月，海畔云山拥蓟城。

少小虽非投笔吏，论功还欲请长缨。

诗人远望边塞重镇蓟门，看旌旗猎猎，听箫鼓喧喧，不禁激情满怀。沙场烽火，雪原寒光，残月海山，涌入诗中。一个“惊”字动魂魄，一句“万里寒光生积雪”壮行色。这首《望蓟门》也被后人收入《唐诗三百首》中。

祖咏，洛阳人，生卒年月不详，留下的资料不多，只知他是开元十二年（724年）的进士，但长期未授官。后来任过短时期的驾部员外郎，管理车辆牛马之类。这样的日子与祖咏的理想有较大的差距，他拒绝前往南方任职，决意回嵩山南麓的汝水之畔过田园生活。临行前，祖咏给诗友卢象赠《归汝坟山庄留别卢象》，表达了他对归隐田园的向往：

淹留岁将晏，久废南山期。

旧业不见弃，还山从此辞。

沤麻入南涧，刈麦向东菑。

对酒鸡黍熟，闭门风雪时。

非君一延首，谁慰遥相思。

“汝坟”即汝水之岸，所谓山庄就是几亩田园几间草屋，祖咏过起了春种秋收、打鱼砍柴的农家生活。他在《汝坟别业》一诗中写道：

失路农为业，移家到汝坟。

独愁常废卷，多病久离群。

鸟雀垂窗柳，虹霓出涧云。

山中无外事，樵唱有时闻。

乡村景色虽好，但远离都市、远离朋友，祖咏的心中不免有几分凄凉。

唐代田园诗人王维赠祖咏诗云："结交二十载，不得一日展。贫病子既深，契阔余不浅。"写的就是祖咏一生不得志，穷困潦倒。

祖咏的诗多状景咏物，宣扬隐逸生活。他与王维是好友，诗风也与王维风格相近，也是唐代山水诗的代表人物。

祖咏的山水诗具有语言简洁、意蕴深厚的特点，一般都写得工稳妥帖，已经接近"大历十才子"的诗风。

祖咏有两首诗写的是郑州、洛阳附近的景色，句工律整，语言清丽，意境幽远。

一首是《夕次圃田店》，写的是郑州圃田镇的田园暮色：

前路入郑郊，尚经百余里。

马烦时欲歇，客归程未已。

落日桑柘阴，遥村烟火起。

西还不遑宿，中夜渡泾水。

诗人路过圃田时，夕阳西下，马烦人困，桑柘林暗，炊烟升起，一派祥和气象。

另一首是《陆浑水亭》，写的是洛阳陆浑附近的山川景色：

昼眺伊川曲，岩间霁色明。

浅沙平有路，流水漫无声。

浴鸟沿波聚，潜鱼触钓惊。

更怜春岸绿，幽意满前楹。

流水浅沙，了无声息；小鸟洗浴，鱼群潜游；岸上草绿，楹前春静：山川一派幽意。在诗人笔下，家乡的景色是那样迷人。

王维在河南

唐代著名诗人、画家王维，是山水田园诗派的代表人物，与孟浩然合称“王孟”，有“诗佛”之称。

王维是河东蒲州（今山西永济）人，是河南近邻，多次到河南，留下多篇诗作。

早年王维中进士后，因通音乐，被授职太乐丞，在朝廷负责礼乐方面的事宜。谁知好景不长，当年秋天即被贬济州（今山东济宁）司仓参军。

王维一路东行，出函谷关，经东都洛阳，乘船从荥阳东北的敖仓口入荥泽，作《早入荥阳界》，称赞荥阳景色：

泛舟入荥泽，兹邑乃雄藩。
河曲闾阎隘，川中烟火繁。
因人见风俗，入境闻方言。
秋野田畴盛，朝光市井喧。
渔商波上客，鸡犬岸旁村。
前路白云外，孤帆安可论。

荥阳是原荥州所辖县，隋代时荥州改名为郑州，州府治所设在成皋（即虎牢）。唐时郑州州府治所从成皋移至管城（今郑州市管城区）。王维早入荥阳，夜宿郑州，又写下《宿郑州》：

朝与周人辞，暮投郑人宿。
他乡绝俦侣，孤客亲僮仆。
宛洛望不见，秋霖晦平陆。
田父草际归，村童雨中牧。
主人东皋上，时稼绕茅屋。
虫思机杼悲，雀喧禾黍熟。

明当渡京水，昨晚犹金谷。

此去欲何言，穷边徇微禄。

早晨才辞别了洛阳，傍晚就到郑州投宿。异乡已没有自己的伴侣，洛阳城已经看不见了，秋雨连绵晦暗了原野。此去遥远，诗人心中惆怅，多说无用，只能到边远之地挣那份微薄的工资去了。

从济州回长安的路上，王维曾在河南北部的淇河岸边小住，称赞淇上的田园风光：

屏居淇水上，东野旷无山。

日隐桑柘外，河明闾井间。

牧童望村去，猎犬随人还。

静者亦何事，荆扉乘昼关。

王维过黎阳（今浚县）作《至滑州隔河望黎阳忆丁三寓》：

隔河见桑柘，蔼蔼黎阳川。

望望行渐远，孤峰没云烟。

故人不可见，河水复悠然。

赖有政声远，时闻行路传。

从济州归来，王维曾在嵩山隐居一段时间，《归嵩山作》当是此时的作品：

清川带长薄，车马去闲闲。

流水如有意，暮禽相与还。

荒城临古渡，落日满秋山。

迢递嵩高下，归来且闭关。

清澈的河流，茂盛的草木，车马缓行，秋山渐近，表达了诗人归隐时的闲适心情。流水有意，禽鸟伴归，荒城古渡，落日满山，诗人触景生情，有几分欣喜，也有几分凄凉。诗写得真切生动，含蓄隽永，清淡旷远，与王维的其他山水田园诗风格相同。

安禄山叛乱时，皇帝出逃，长安、洛阳两京陷落，王维被叛军软禁在洛阳寺庙里。他服药装病。一天，安禄山来了兴致，在凝碧池上设宴，召集梨园乐工演奏音乐。著名乐工雷海青摔碎乐器拒演，被叛军残忍肢解。友人裴迪前来探望王维，并告之此事，王维听罢悲愤交加，写下一诗：

万户伤心生野烟，百僚何日更朝天。

秋槐叶落空宫里，凝碧池头奏管弦。

唐军收复两京后，肃宗自凤翔还长安，凡做过伪官的，都以六等定罪，而王维则因为这首“凝碧池”诗得到过肃宗的嘉许，又加上其弟弟王缙平乱有功，得到宽恕。

王维在洛阳被囚，因祸得福，反而成就了一世名节。王维与洛阳有不解之缘。他曾与洛阳贵族女住对门，作七言乐府《洛阳女儿行》，诗中极言此女骄贵奢侈：

洛阳女儿对门居，才可颜容十五余。
良人玉勒乘骢马，侍女金盘脍鲤鱼。
画阁朱楼尽相望，红桃绿柳垂檐向。
罗帷送上七香车，宝扇迎归九华帐。
狂夫富贵在青春，意气骄奢剧季伦。
自怜碧玉亲教舞，不惜珊瑚持与人。
春窗曙灭九微火，九微片片飞花琐。
戏罢曾无理曲时，妆成只是熏香坐。
城中相识尽繁华，日夜经过赵家庄。
谁怜越女颜如玉，贫贱江头自浣纱。

他还作诗称赞洛阳牡丹：

绿艳闲且静，红衣浅复深。
花心愁欲断，春色岂知心。

王维少年时曾写过一首著名的《九月九日忆山东兄弟》：

独在异乡为异客，每逢佳节倍思亲。
遥知兄弟登高处，遍插茱萸少一人。

山东指华山之东，王维的山西蒲州老家。写这首诗时王维在外地旅游，作诗表达对家乡亲人的思念。但是，王维此时在哪里？颇有争议。河南焦作云台山里有山名茱萸峰，因此，云台山人说此诗是王维登焦作云台山茱萸峰时所写，并在茱萸峰下立碑刻诗。对于这个美丽的传说，本人没有考证，姑妄信之。

李白的河南情结

唐朝大诗人李白 24 岁离开四川江油老家，开始“仗剑去国、辞亲远游”的浪漫生涯。他数次到河南，初游汝州、三游洛阳、两游嵩山、三会杜甫、滞留梁宋，晚年娶了一个河南老婆，与河南结下不解之缘。

唐开元十四年冬天，李白从湖北初来河南，游汝州，登龙兴阁，远眺伏牛群山，写下《夏日诸从弟登汝州龙兴阁序》，称赞汝州“晴山翠远而四合，暮江碧流而一色”。

开元二十年秋天，年届三十的李白来到了嵩山。满脑子访仙问道的李白听说嵩山有个女道士焦炼师，住在少室山下石室中，已经 200 多岁了，看起来却只有五六十岁的样子，不食五谷，身轻体健，行走如飞，于是就在嵩山到处寻找。李白一连找了多日，连焦炼师的影子也没有见到，只好写下了《赠嵩山焦炼师》一诗，表达对仙姑的仰慕之情。诗中写神仙生活极尽想象之能事：

二室凌青天，三花含紫烟。
中有蓬海客，宛疑麻姑仙。
道在喧莫染，迹高想已绵。
时餐金鹅蕊，屡读青苔篇。
八极恣游憩，九垓长周旋。
下瓢酌颍水，舞鹤来伊川。
还归空山上，独拂秋霞眠。

游嵩山后，李白便往嵩山南麓的颍阳访问隐士元丹丘。元丹丘的颍阳山居，其地北倚马岭，连峰嵩丘，景色优美，李白心里非常羡慕，心生隐居之意，于是接连写下了《题元丹丘山居》《题元丹丘颍阳山居》《观元丹丘坐巫山屏风》《元丹丘歌》等几首诗。其中《元丹丘歌》最为著名：

元丹丘，爱神仙，朝饮颍川之清流，

暮还嵩岑之紫烟，三十六峰长周旋。

长周旋，蹑星虹，身骑飞龙耳生风。

横河跨海与天通，我知尔游心无穷。

这年冬天，李白离开登封，到了洛阳龙门，写下了《秋夜宿龙门香山寺奉寄王方城十七丈奉国莹上人从弟幼成令问》，诗中描绘了龙门景色：

朝发汝海东，暮栖龙门中。

水寒夕波急，木落秋山空。

望极九霄迥，赏幽万壑通。

目皓沙上月，心清松下风。

玉斗横网户，银河耿花宫。

兴在趣方逸，欢余情未终。

三月的一个春夜里，李白在洛阳写下了著名的《春夜洛城闻笛》：

谁家玉笛暗飞声，散入春风满洛城。

此夜曲中闻折柳，何人不起故园情。

五年之后，李白从太原回到洛阳，又遇到从蜀中访道回来的元丹丘。应元丹丘之邀，李白第二次来到嵩山。故地重游，又和诗人岑勋初次会面，三人一齐游览嵩山，遥望黄河，东望洛阳，李白借酒浇愁，挥笔写下了千古名篇《将进酒》：

君不见黄河之水天上来，奔流到海不复回。

君不见高堂明镜悲白发，朝如青丝暮成雪。

人生得意须尽欢，莫使金樽空对月。

天生我材必有用，千金散尽还复来。

天宝三载夏天，李白在东都洛阳遇到了杜甫。李白比杜甫年长 11 岁，风度翩翩；杜甫少年持重，略显苍老。一个已经名扬天下，一个踌躇满志，两人一见如故，建立了深厚的友情。在洛阳时，他们约好下次在梁宋会面。同年秋天，两人如约到了梁宋，遇到了诗人高适。在梁园，三人抒怀遣兴，借古评今，评文论诗，纵论天下。李白高歌《梁园吟》，高适酒后作《古大梁行》，杜甫后来作《遣兴》以示纪念。此后，李白多次回到梁园，多年在梁宋之地滞留。

天宝四载秋天，李白与杜甫在东鲁第三次会见。短短一年多的时间，他们两次相约，三次会见，知交之情不断加深。他们一道寻访隐士高人，也偕同去齐州拜访过当时驰名天下的书法家李邕。就在这年冬天，李、杜两人分手。

李白一生中有四个女子相伴，两个是正式的夫人，两个是同居关系。当年李

李白，洛阳春夜闻笛

白离开江油，从巴蜀到湖北安陆，娶许氏为妻，生有一男一女。此后，李白以安陆为家，四处周游。许氏死后，李白与刘氏同居5年，后分手，又结识东鲁一女子。5年后，此女病逝。51岁时，李白在梁宋娶了第二任妻子、唐高宗时宰相宗楚客的孙女宗氏，在梁园安家。此后，这个河南女子一直陪伴在李白身边。后李白因李璘案下狱时，宗氏曾奔走营救。

李白一生游山玩水，吟诗作赋，访仙问道，结交朋友，十分潇洒。除在长安做3年翰林待诏，为唐玄宗作诗外，大概没有做过更多的官。但是，李白的名气很大，王公贵族、地方大员、文人墨客争相与其结交，有的人还赠给李白不少财富。李白一生，很是逍遥，除了诗写得好，也不种地、经商，没干过多少正事儿。50多岁了，还离家远走，北游幽州，西北游汾州，南游江淮。55岁从皖南又回梁园，适逢安禄山叛变，李白偕宗夫人自梁园经洛阳西上华山。下华山后，李白与宗夫人南下宣城，隐于庐山屏风叠。后应邀入永王李璘府做幕僚。永王兵败，李白入狱，经宗夫人奔走营救出狱。李白被判长流夜郎，在白帝城途中被赦。

宗夫人，这个有情有义的河南女子，陪伴在晚年的李白身边，成为李白晚年的精神寄托和生活助手。也正因此，李白晚年又写了大量的诗篇。61岁时，李白送妻子宗夫人上庐山访道，兴致所至，写下了《送内寻庐山女道士李腾空二首》：

其一：

君寻腾空子，应到碧山家。

水舂云母碓，风扫石楠花。

若恋幽居好，相邀弄紫霞。

其二：

多君相门女，学道爱神仙。

素手掬青霭，罗衣曳紫烟。

一往屏风叠，乘鸾着玉鞭。

这两首诗虽是称赞李道士的，也应是对贤妻宗夫人的称赞，算是表达对他的患难妻子的感激吧。

崔颢：身后只有《黄鹤楼》

唐代汴州（今河南开封）诗人崔颢，也是因一首诗而千古留名。这首诗就是著名的《黄鹤楼》：

昔人已乘黄鹤去，
此地空余黄鹤楼。
黄鹤一去不复返，
白云千载空悠悠。
晴川历历汉阳树，
芳草萋萋鹦鹉洲。
日暮乡关何处是，
烟波江上使人愁。

《黄鹤楼》是一首吊古怀乡之作。前四句写登临怀古，后四句写山川景色。写得意境开阔，气魄宏大，情感丰沛，充满诗情画意，为历代所推崇。

这一首诗不仅是崔颢的成名之作，也奠定了他的一世诗名。传说李白登黄鹤楼，有人请他题诗，他说："眼前有景道不得，崔颢题诗在上头。"严羽《沧浪诗话》评："唐人七言律诗，当以崔颢《黄鹤楼》为第一。"《唐诗三百首》把崔颢这首诗列为七律之首。

这首诗有三个特点：

一是意境美。黄鹤楼在武昌黄鹤山（又名蛇山）上，传说古代仙人曾乘黄鹤经过此楼，因而得名。仙人驾鹤而来，飘然而去，虚无缥缈，仙去楼空，唯余天际白云，悠悠千载，江水浩渺，如仙如幻，意境悠远。

二是诗画美。山上楼阁，白云黄鹤，晴川沙洲，绿树芳草，落日暮江，烟波浩渺，色彩缤纷，充满了诗情画意。

三是音韵美。诗中双声（声母相同）、叠韵（韵母相同）和叠音词被多次运用，如“黄鹤”“复返”等双声词，“此地”“江上”等叠韵词，以及“悠悠”“历历”“萋萋”等叠音词，使此诗声音铿锵，朗朗上口，富有音乐美。

但是，这首《黄鹤楼》也引起了争议。有人认为这首诗并不合乎七律诗的规范：首联两句“黄鹤”重复出现；第三句几乎全用仄声，第四句“空悠悠”是三连平结尾，均为律诗之大忌。整首诗更像是一首七言古体诗。但我觉得，此诗瑕不掩瑜，不应求全责备。你不能说崔颢不懂章法，应该是知之而不顾，如《红楼梦》中林黛玉教人作诗时所说的，“若是果有了奇句，连平仄虚实不对都使得的”。“诗圣”杜甫律诗写得好，但是他的律诗也有不符合格律要求的，却被说成是故意为之，“诗圣”嘛，怎么写都对。崔颢的这首诗，应是依据诗以立意为要和“不以词害意”的原则去进行实践的。七律也罢，七古也罢，谁能说这不是一首好诗呢？

除了这首《黄鹤楼》，我们对崔颢还有多少了解呢？

崔颢是汴州人，唐开元年间进士，官至太仆寺丞，天宝年间为司勋员外郎。他诗名很大，但事迹流传甚少，现存诗也只有40多首。元代辛文房《唐才子传》中有关于崔颢的记载：

崔颢《黄鹤楼》

少年为诗，意浮艳，多陷轻薄；晚节忽变常体，风骨凛然。一窥塞垣，状极戎旅，奇造往往并驱江、鲍。后游武昌，登黄鹤楼，感慨赋诗。及李白来，曰："眼前有景道不得，崔颢题诗在上头。"无作而去，为哲匠敛手云。然行履稍劣，好蒲博，嗜酒，娶妻择美者，稍不惬即弃之，凡易三四。初李邕闻其才名，虚舍邀之。颢至献诗，首章曰："十五嫁王昌。"邕叱曰："小儿无礼！"不与接而入。颢苦吟咏，当病起清虚，友人戏之曰："非子病如此，乃苦吟诗瘦耳！"遂为口实。天宝十三载卒。有诗一卷，今行。

这个传记记述了崔颢的许多陋习，德行不好，多是负面形象。比如，早年浮艳轻薄。怎么个浮艳法？有一个故事，相传李邕（唐北海太守，故人称"李北海"。道德文章名重一时）得知崔颢诗名，便邀请崔颢到家里来见面。崔颢献了一首《王家少妇》诗，惹恼了正人君子李邕，被训斥一顿，赶了出去。其实就是一首写闺房乐的诗："十五嫁王昌，盈盈入画堂。自矜年正少，复倚婿为郎。舞爱前溪绿，歌怜子夜长。闲来斗百草，度日不成妆。"虽格调不高，也无伤大雅。这件事传来传去，崔颢的轻浮形象就传开了。

另外，说崔颢爱赌博、喝酒，娶漂亮老婆。喝酒赌博属于陋习。非美不娶，爱美之心，人皆有之，谁又不爱美呢？这个不应视作恶迹。而娶而弃之，应受谴责。

崔颢的诗，按流传下来的42首诗的内容分类，大致可分为三类，描写妇女的诗为一类，边塞诗和山水诗为一类，赠言记事等诗为一类。崔颢后来的诗风变化很大。他游览山川20年，足迹遍布大江南北，经历边塞生活，精神视野大开，诗风一变而为雄浑奔放。他的边塞诗，歌颂戍边将士的勇猛，抒发报国赴难的豪情，热情洋溢，风骨凛然，令人称赞。

然而，我们只记住了崔颢的这首《黄鹤楼》。这就是名篇的魅力。正是：

崔颢多少寂寞事，身后只有《黄鹤楼》。

崔曙：状元也寂寞，曙后一星孤

唐代宋城（今河南商丘）诗人崔曙是个状元，但是生前落寞，只做过河南尉（此处河南不是今日之河南省，应是洛阳管辖的一个县）一类的小官；身后无名，只留下传世诗作 15 首。

崔曙生于宋州（今商丘）一个贫寒之家，早年失去双亲，备尝人世苦难。但他少年立志，小小年纪便背井离乡，西上嵩山拜师求学，踏上了漫漫的人生之途。十载寒窗生涯，崔曙终于有幸在唐玄宗开元二十六年考中了进士第一名，殿试又获得状元。

崔曙在殿试中作了一首《奉试明堂火珠》，得到唐玄宗赏识，被钦点为状元。诗曰：

正位开重屋，凌空出火珠。
夜来双月满，曙后一星孤。
天净光难灭，云生望欲无。
遥知太平代，国宝在名都。

崔曙的这首诗是一首状元诗，因此诗而高中状元，因此诗而成名，因而具有特别的意义。那么，这首诗好在哪里呢？

此诗描写的是明堂上的火珠，在夜晚与月光相衬如同一双明月，而曙后天明月亮西沉时，火珠仍然如一颗孤星在明堂屋顶上闪闪发光。首联从明堂入笔点出火珠，接下来两联则写了火珠的光辉。“明堂”为当时朝廷的听政殿，为帝王宣政教、祀宗祖之所。故帝王正位，必造明堂。“火珠”是明堂屋顶上用来装饰的宝珠。“夜来双月满”之“双月”，一指天上的月亮，一指明堂的火珠，两者交相辉映。而“曙后一星孤”是说虽然月亮消失了，但火珠的光辉不减，就像一颗挂在天空的星星。“天净光难灭，云生望欲无”二句，写出了晨光熹微、云似有无的微妙。最后一联是颂扬之词，赞国家强大、时代太平。此诗是奉旨现场创作，因而受到许多限制，有曲意奉承之嫌。综观全诗，虽然总体平平，但也想象奇特，取景空阔，诗意明朗，用词讲究，对仗工整，不失为一首上乘之作。诗中“夜来双月满，曙后一星孤”一联为神来之笔，历来受人称赞。

崔曙早年孤贫，历经磨难，仕途不济，心灰意冷，故多写景摹物，寄情山水，忧思慨叹，心境悲凉。最早评价崔曙诗的是唐代诗人殷璠，其对崔颢的评价颇为精到：“曙诗言辞款要，情兴悲凉；送别登楼，俱堪下泪。”

崔曙在嵩山隐居求学10年，与高僧隐士结交，写了几首反映嵩山生活的诗，《早发交崖山还太室作》是一首代表作：

东林气微白，寒鸟急高翔。
吾亦自兹去，北山归草堂。
仲冬正三五，日月遥相望。
萧萧过颍上，昽昽辨少阳。
川冰生积雪，野火出枯桑。
独往路难尽，穷阴人易伤。
伤此无衣客，如何蒙雪霜。

诗中景色空旷幽远。诗人旅途孤独，天寒地冻，联想到自己的人生遭际，感叹独路难行，在这深冬的阴沉天气里，没有衣服御寒的行人，如何面对这漫天霜雪呢？

在《送薛据之宋州》这首诗里，诗人感叹“无媒嗟失路”（无人引荐指路），空怀壮志，报国无门，“沦落居此州”：

无媒嗟失路，有道亦乘流。
客处不堪别，异乡应共愁。
我生早孤贱，沦落居此州。
风土至今忆，山河皆昔游。
一从文章事，两京春复秋。
君去问相识，几人今白头。

苦难经历和长期的隐读生活，使崔曙对仕途逐渐心灰意冷。

《九日登望仙台呈刘明府容》是流传下来的崔曙的唯一一首七言律诗。此诗写诗人登高怀古，写得不落俗套，独具特色：

汉文皇帝有高台，此日登临曙色开。
三晋云山皆北向，二陵风雨自东来。

关门令尹谁能识，河上仙翁去不回。

且欲近寻彭泽宰，陶然共醉菊花杯。

望仙台，在今河南三门峡市陕州区西南，登高可北望黄河、三晋，西可望函谷关，东可望崤山二陵。诗人登高望远，想到驾鹤而去的函谷关关令尹喜、河上仙翁河上公和归隐南山的田园诗人陶渊明，感叹历史变迁、人生无常，功名利禄都是过眼云烟，不如饮酒自娱。全诗熔写景、怀古、抒情于一炉，气势雄浑，酣畅淋漓，转承自然，一气呵成。

崔曙的山水诗清新自然、意蕴悠长，比王维的山水田园诗多了一分沉郁、悲凉，少了一分闲适、淡远。如《山下晚晴》：

寥寥远天净，溪路何空蒙。

斜光照疏雨，秋气生白虹。

云尽山色暝，萧条西北风。

故林归宿处，一叶下梧桐。

“斜光照疏雨，秋气生白虹”一联，绝佳；“一叶下梧桐”，精妙！

另一首《颍阳东溪怀古》就闲静多了，有一点纵情山水、优哉游哉的意韵，令人回味：

灵溪氛雾歇，皎镜清心颜。

空色不映水，秋声多在山。

世人久疏旷，万物皆自闲。

白鹭寒更浴，孤云晴未还。

昔时让王者，此地闭玄关。

无以蹑高步，凄凉林壑间。

崔曙的诗和事，传记较少，资料不多。他虽为状元，却做官不多，死得也早，据说留下一女，名叫“星星”。后来有人把“曙后一星孤”一句别解为崔曙死后只留下一个名叫星星的女儿。在这样的附会之下，“曙后一星孤”竟然一语成谶，令人感叹。

流浪诗人杜甫

杜甫是唐代伟大的现实主义诗人，一生写诗1500多首，其诗风沉郁顿挫，忧国忧民，被后人尊为“诗圣”，其诗被称为“诗史”。

然而，杜甫这位河南老乡，虽然有满腹经纶，文采斐然，却屡试不第，仕途不顺，困居长安10年。后历经战乱，漂泊西南，穷困潦倒，长逝江舟。他一生不得志，颠沛流离，郁郁寡欢，过着困苦的生活。但是，杜甫坚持操守，忍辱负重，自始至终关心国家和人民的命运，留下了不朽的传世诗篇。在杜甫的身上，你能看到负重前行的河南人的影子。

杜甫生于河南巩义，青少年时家庭环境优越，过着较为安定富足的生活。他自小好学，7岁能诗，胸有大志。

35岁前，杜甫多次出游。19岁游山东，20岁游吴越。后赴兖州省亲（其父时在兖州做官），开始齐赵之游。年轻的杜甫登泰山而作《望岳》，豪情满怀：

岱宗夫如何？齐鲁青未了。
造化钟神秀，阴阳割昏晓。
荡胸生曾云，决眦入归鸟。
会当凌绝顶，一览众山小。

然而，杜甫生活在唐朝由盛转衰的历史时期，他的政治理想梦也随着朝廷的腐败而破灭，他一天天地陷入贫困失望的境地。

杜甫参加“高考”并不顺利，几次落第，想当个公务员也很难。天宝五载，35岁的杜甫来到长安。为实现自己的政治理想，他不得不转走权贵之门。当时“干谒”之风盛行，杜甫也不能免俗，也将自己的诗文送到达官贵人的府上，求人举荐，均无结果。他客居长安10年，奔走献赋，郁郁不得志，仕途失意，生活贫困。

天宝十四载，杜甫被授予一个负责看守兵甲器杖、管理门禁锁钥的兵曹参军。

此时杜甫已44岁，到长安也十年有余，为生计而接受了这所学无用之职。十一月，杜甫往奉先（今陕西蒲城）探家，刚刚进到家门就听到哭泣声，原来小儿子饿死了。其就长安10年的感受和沿途见闻，写成著名的《自京赴奉先县咏怀五百字》：

老妻寄异县，十口隔风雪。
谁能久不顾，庶往共饥渴。
入门闻号咷，幼子饿已卒。
吾宁舍一哀，里巷亦呜咽。
所愧为人父，无食致夭折。

天宝十四载十一月，安史之乱爆发，潼关失守，玄宗仓惶西逃。老实忠厚的杜甫为追随皇上，从长安只身北上，历经艰险，途中为叛军俘虏，险些丧命。后被新即位的肃宗授为左拾遗。拾遗补缺，就是伴随皇上左右挑毛病，建言献策。杜甫性格耿直，很快触怒肃宗，被贬到华州，负责祭祀、礼乐、学校等事。长安收复，杜甫回到长安，仍任左拾遗，因受房琯案牵连，于乾元元年六月被贬为华

杜甫《登高》

州司功参军。

乾元二年夏天，杜甫放弃了华州司功参军的职务，辗转到了成都，投奔主政蜀地的好友严武。在严武等人的帮助下，杜甫在城西浣花溪畔，建了一座草堂住下，并做了严武的参谋。

在成都五六年间，杜甫生活依然很苦，孩子常常饿得哇哇哭叫。在凄风苦雨之中，老婆哭孩子叫，草屋破败，彻夜难眠，杜甫写下了著名的《茅屋为秋风所破歌》：

八月秋高风怒号，卷我屋上三重茅。茅飞渡江洒江郊，高者挂罥长林梢，下者飘转沉塘坳。南村群童欺我老无力，忍能对面为盗贼，公然抱茅入竹去，唇焦口燥呼不得！归来倚杖自叹息。

俄顷风定云墨色，秋天漠漠向昏黑。布衾多年冷似铁，娇儿恶卧踏里裂。床头屋漏无干处，雨脚如麻未断绝。自经丧乱少睡眠，长夜沾湿何由彻？

安得广厦千万间，大庇天下寒士俱欢颜，风雨不动安如山！

广德三年四月严武去世，杜甫离开了成都，辗转多地到达夔州（今四川奉节）。在夔州都督柏茂林的照顾下，杜甫租田买园，过起了农耕生活。这一时期，诗人创作达到了高潮，不到两年，作诗430多首，占现存作品的百分之三十，有《蜀相》《闻官军收河南河北》《登高》《登岳阳楼》等大量名作。

大历三年，杜甫思乡心切，乘舟出峡，先到江陵，又漂泊到湖南岳阳。这一段时间杜甫一直住在船上。由于生活困难，杜甫不但不能北归，还被迫南行。由岳阳到潭州（长沙），又由潭州到衡州（衡阳），复折回潭州，后又往衡州。原打算再往郴州投靠舅父崔沣，但行到耒阳，遇江水暴涨，只得停泊方田驿，五天没吃到东西，幸亏县令聂某派人送来些酒肉而得救。大历五年冬，杜甫在由潭州往岳阳的一条小船上去世，时年59岁。

杜甫青年时期的游历，使他开阔了眼界，结交了诗友；困居长安十年和为官经历，使他深切地感受到朝廷昏庸，官场腐败，世态炎凉；西南漂泊的岁月，使他全面真实地了解了社会底层的艰难困苦。曲折的经历，悲惨的生活，也成就了杜甫的千秋诗名。

杜甫的诗多反映社会动荡、政治黑暗、人民疾苦，记录了唐代由盛转衰的历史巨变，表达了仁爱精神和忧患意识，如“三吏”“三别”，因而被誉为“诗史”。杜甫忧国忧民，人格高尚，其诗风沉郁顿挫，语言精练，格律严谨，精工巧对。杜甫流传下来的诗篇是唐诗里内容涉猎最广泛的。

杜甫是写律诗的高手，唐朝律诗当首推杜甫的。杜甫的律诗既严谨又自然，既合律而又看不出声律的束缚，既对仗工整而又看不出雕琢的痕迹，写得浑融流转，无迹可寻。如被称为“杜集七言律第一”的《登高》，就是这样一首诗：

风急天高猿啸哀，渚清沙白鸟飞回。
无边落木萧萧下，不尽长江滚滚来。
万里悲秋常作客，百年多病独登台。
艰难苦恨繁霜鬓，潦倒新停浊酒杯。

全诗在声律句式上，极精密、考究。八句皆对，首联句中也对。

《春夜喜雨》自然流畅，浑然一气：

好雨知时节，当春乃发生。
随风潜入夜，润物细无声。
野径云俱黑，江船火独明。
晓看红湿处，花重锦官城。

然而，杜甫的诗名远播，却在唐代以后。在杜甫那个年代，交通不便，没有媒体，更没有现代通信，诗文的传播受到很大局限，因而杜甫的诗也没有受到朝廷的重视。在长安十年，杜甫向皇帝献赋，向贵人投赠，过着“朝扣富儿门，暮随肥马尘，残杯与冷炙，到处潜悲辛”的生活，也没有得到重用，只得到一个看仓库的小官。

按说，杜甫出身于京兆杜氏，乃北方的大士族，不是草根阶层。他的远祖为汉武帝时有名的酷吏杜周，祖父杜审言也是唐朝颇有名气的诗人，父亲在兖州等地做了多年的官，家里必有一定的财产。他完全可以做一个地主士绅，过着“采菊东篱下，悠然见南山”的田园生活，不必去长安捧达官贵人的臭脚。但是，正是由于杜甫出身于奉儒守官的家庭，受过正统的教育，为了实现自己的政治理想，他才舍家别亲，客居长安10年，在长安等待机会，以至于后来背井离乡，漂泊西南，客死他乡，度过了悲戚的一生。

杜甫与李白，一个“诗圣”，一个“诗仙”，诗才难分伯仲，但性格不同。杜甫深沉，故诗风沉郁顿挫；李白豪放，故诗风浪漫飘逸。李白比杜甫年长11岁，名气也比杜甫大得多。长安3年，李白在皇帝左右，供奉翰林，仍然狂放不羁，让皇帝的宠臣脱靴，天子呼之不朝。后厌倦了作诗献媚的生活，挂冠而去。李白一生四处豪游，写尽天下风景，成就了“诗仙”之名。杜甫穷困潦倒，历尽磨难，也成就了“诗圣”之名。也许正是唐朝的官场上少了一个有为的好官，才使诗坛上多了一个“诗圣”。不知这是杜甫的人生悲剧，还是中国文化史上的一件幸事。

边塞诗人岑参

唐朝地域广阔，国力强盛。河南地处中原，远离边疆，却出了个著名的边塞诗人，他就是南阳人岑参。

边塞诗是以边疆地区汉族军民生活和自然风光为题材的诗。

唐时，时常发生一些民族冲突，边塞战争频繁，对当时的生活影响较大，因此也成为很多诗人歌咏的题材。边塞诗作者常结合苍凉辽阔的边疆景象，表现驰骋沙场、建功立业的壮志豪情，抒发慷慨从戎、抗敌御侮的爱国思想，反映征夫思妇的忧怨及连年征战的艰苦生活。

盛唐时是边塞诗创作的鼎盛时期，涌现出了著名的边塞诗派，其诗作雄浑、豪放、悲壮、瑰丽。高适、岑参的边塞诗成就最高，因而唐代边塞诗派也被称为“高岑诗派”，诗风相近的王之涣、王翰、王昌龄、崔颢、李颀等人均被列入此派。

岑参出身于一个官僚贵族家庭，家族出了三个唐朝宰相：曾祖父岑文本是唐太宗时的宰相，伯祖岑长倩是唐高宗时的宰相，伯父岑羲是唐睿宗时的宰相。岑参的父亲岑植曾做过仙、晋二州刺史，但不幸很早去世，家道中落。

岑参早年家境贫寒，只能跟随兄长读书学习。但他遍览史籍，打下了良好的基础。唐玄宗天宝三载中进士，初为右内率府兵曹参军。他怀揣忠君报国、战场建功的理想，先后两次出塞，6年军旅生活，写下了70多首边塞诗。在边疆空旷苍凉、风沙弥漫的环境里，在狼烟滚滚、金戈铁马的军旅生活中，他的诗境空前开阔，形成了雄奇瑰丽的边塞诗风。清人编纂的《唐诗三百首》中，选了岑参的3首七言古诗——《走马川行奉送出师西征》《轮台歌奉送封大夫出师西征》和《白雪歌送武判官归京》，可以说是岑参边塞诗的代表作。

《走马川行奉送出师西征》描绘了在大漠雪原、飞沙走石的夜晚行军的情景：

君不见走马川行雪海边，平沙莽莽黄入天。

轮台九月风夜吼，一川碎石大如斗，随风满地石乱走。

匈奴草黄马正肥，金山西见烟尘飞，汉家大将西出师。

将军金甲夜不脱，半夜军行戈相拨，风头如刀面如割。

马毛带雪汗气蒸，五花连钱旋作冰，幕中草檄砚水凝。

虏骑闻之应胆慑，料知短兵不敢接，车师西门伫献捷。

诗人抓住有边地特征的景物来状写环境的艰险，极力渲染气氛，来突出将士英勇无畏的精神。走进戈壁沙漠，狂风怒吼，黄沙飞扬，遮天蔽日。“轮台九月风夜吼，一川碎石大如斗，随风满地石乱走”让人惊心动魄；“将军金甲夜不脱，半夜军行戈相拨，风头如刀面如割”写出了行军的艰苦；“马毛带雪汗气蒸，五花连钱旋作冰，幕中草檄砚水凝”描绘了疆夜的寒冷，生动传神。全诗在形式上进行创新，从第二节起，三句一节，有词曲的节奏感，增强了表现力。

《轮台歌奉送封大夫出师西征》，写了将士们勇往直前、转战沙场的壮烈场面：

轮台城头夜吹角，轮台城北旄头落。

羽书昨夜过渠黎，单于已在金山西。

戍楼西望烟尘黑，汉军屯在轮台北。

上将拥旄西出征，平明吹笛大军行。

四边伐鼓雪海涌，三军大呼阴山动。

虏塞兵气连云屯，战场白骨缠草根。

剑河风急雪片阔，沙口石冻马蹄脱。

亚相勤王甘苦辛，誓将报主静边尘。

古来青史谁不见，今见功名胜古人。

“四边伐鼓雪海涌，三军大呼阴山动”表现了将士们奋不顾身的英勇气概，场面宏大，气势恢宏；“虏塞兵气连云屯，战场白骨缠草根。剑河风急雪片阔，沙口石冻马蹄脱”描写了战争的惨烈，白骨缠草根，石冻马蹄脱，诗句粗粝，震慑人心。

《白雪歌送武判官归京》描写了西域八月飞雪的壮丽景色，抒发塞外送别之情，表现了离愁和乡思：

北风卷地白草折，胡天八月即飞雪。

忽如一夜春风来，千树万树梨花开。

散入珠帘湿罗幕，狐裘不暖锦衾薄。

将军角弓不得控，都护铁衣冷难着。

瀚海阑干百丈冰，愁云惨淡万里凝。
中军置酒饮归客，胡琴琵琶与羌笛。
纷纷暮雪下辕门，风掣红旗冻不翻。
轮台东门送君去，去时雪满天山路。
山回路转不见君，雪上空留马行处。

全诗色彩瑰丽，气势磅礴，意境鲜明，具有极强的艺术感染力，堪称盛世大唐边塞诗的压卷之作。其中“忽如一夜春风来，千树万树梨花开”等诗句已成为千古传诵的名句。在诗人笔下，百丈寒冰不惧冷，万里凝云不用愁，仍然中军置酒，琵琶铮铮，笛声悠扬，使战争的惨烈具有了浪漫主义色彩。

岑参的边塞诗热情歌颂了唐军的勇武和战功，也委婉地揭示了战争的残酷和悲惨。他还写了边塞风俗、各族人之间的往来和将士的思乡之情，大大开拓了边塞诗的创作题材和艺术境界。岑参的边塞诗也揭露了军营生活中苦乐不均的现象。他在《玉门关盖将军歌》中描写边疆大将的生活是“暖屋绣帘红地炉，织成壁衣花氍毹。灯前侍婢泻玉壶，金铛乱点野酡酥。紫绂金章左右趋，问着只是苍头奴”，而另一方面，士卒的生活却是“战士常苦饥，糗粮不相继”，二者形成了鲜明的对比。

岑参的诗歌，以慷慨报国的英雄气概和不畏艰苦的乐观精神为基本特征，气势雄伟，想象丰富，色彩绚丽，造意新奇。他最擅长七言歌行，有时两句一转，有时三句、四句一转，跌宕起伏，如行云流水。他的诗当时流传很广，不仅雅俗共赏，而且还为各族人民所喜爱。

少数民族诗人元结

唐朝诗人元结，字次山，尚道学古，古道热肠，是为数不多的北方少数民族诗人。

元结是鲜卑皇族后裔，后魏亲王元遵第十五代孙。北魏孝文帝拓跋宏迁都洛阳后，大力推行汉化政策，改汉姓，率先将皇族拓跋改元姓，拓跋宏也成了元宏。自此，元姓皇族以洛阳为籍贯。后皇族后裔散居各地，元结的父亲看中了河南鲁山的商余山，举家迁往鲁山，在山里种粮种菜采药，过着隐逸生活。

元结在鲁山出生，年少时是一个浪荡公子，17 岁才开始发愤读书。天宝十二载中进士。他不仅文才卓著，而且军事、政治上均有建树。安史之乱时，元结参与抗击史思明叛军，立有战功。先后任道州（今湖南道县）刺史、容州（今广西容县）都督充本管经略守捉使，政绩颇丰，当地百姓为他刻石立铭建生祠。

元结喜古，诗歌传承《诗经》、《离骚》、乐府诗的现实主义传统，反对当时的浮艳诗风。元结几乎不写近体诗（也就是律诗），他写四言、骚体、乐府，写古体诗，主要写五言古风，质朴淳厚，笔力遒劲，颇具特色。中唐诗歌革新的新乐府运动由白居易、元稹等所倡导，但元结可说是新乐府运动的先驱。元结还提出诗歌创作应“极帝王理乱之道，系古人规讽之流”，使“上感于上、下化于下”。这与白居易“文章合为时而著，歌诗合为事而作”的主张一脉相承。

元结的散文，不同流俗，或直举胸臆，或托物刺讥，愤世嫉俗，悲天悯人，揭露人间伪诈，鞭挞黑暗现实。其文章短小精悍，笔锋犀利。因此，有人把元结称为韩愈、柳宗元古文运动的先驱。

在后人看来，元结的诗名并不是很大，但是，他在道州做官时写的两首诗——《舂陵行》和《贼退示官吏》，却受到“诗圣”杜甫的赞赏，杜甫还为元结写下了和诗《同元使君舂陵行》。

请看元结的这首《春陵行》：

军国多所需，切责在有司。
有司临郡县，刑法竞欲施。
供给岂不忧，征敛又可悲。
州小经乱亡，遗人实困疲。
大乡无十家，大族命单羸。
朝餐是草根，暮食仍木皮。
出言气欲绝，意速行步迟。
追呼尚不忍，况乃鞭扑之。
郭亭传急符，来往迹相追。
更无宽大恩，但有迫促期。
欲令鬻儿女，言发恐乱随。
悉使索其家，而又无生资。
听彼道路言，怨伤谁复知。
去冬山贼来，杀夺几无遗。
所愿见王官，抚养以惠慈。
奈何重驱逐，不使存活为。
安人天子命，符节我所持。
州县忽乱亡，得罪复是谁。
逋缓违诏令，蒙责固其宜。
前贤重守分，恶以祸福移。
亦云贵守官，不爱能适时。
顾惟孱弱者，正直当不亏。
何人采国风，吾欲献此辞。

此诗叙述了赋税繁杂、官吏严刑催逼的情况，描述了百姓凄惨的处境，反映了当时苦难的现实，表现了诗人对人民的悲惨生活寄予了深切的同情。

再看元结的另一首诗《贼退示官吏》：

昔岁逢太平，山林二十年。
泉源在庭户，洞壑当门前。
井税有常期，日晏犹得眠。
忽然遭世变，数岁亲戎旃。
今来典斯郡，山夷又纷然。

城小贼不屠，人贫伤可怜。
是以陷邻境，此州独见全。
使臣将王命，岂不如贼焉。
今彼征敛者，迫之如火煎。
谁能绝人命，以作时世贤。
思欲委符节，引竿自刺船。
将家就鱼麦，归老江湖边。

此诗和《舂陵行》都是作者反映社会现实、同情人民疾苦的代表作。而在斥责统治者对苦难人民的横征暴敛上，此诗更为深沉，感情更为愤激，直斥官员甚于贼。全诗质朴自然，毫无雕饰之感，被后人选入《唐诗三百首》。

元结是个言行一致、身体力行的人，作诗如此，做人亦如此。他到道州上任不到50天，共接到朝廷各种征调符牒200余封，“失其限者，罪至贬削”。元结“宁待罪以安民，毋邀功而贼民”，并做好了辞官归隐的准备：“思欲委符节，引竿自刺船。将家就鱼麦，归老江湖边。”他为民请命，上书请免百姓所负租杂等税，所幸得到了朝廷许可。

杜甫与元结都是忧国忧民之士，志趣相投，惺惺相惜。元结的《舂陵行》和《贼退示官吏》两首五古诗，和杜甫的“三吏”“三别”也颇为相似，因而大受杜甫称赞。杜甫在《同元使君舂陵行》中称赞元结：“道州忧黎庶，词气浩纵横。两章对秋月，一字偕华星。”

元结虽有古道热肠，但骨子里却是一个散淡之人。他深受道家影响，向往归隐山林、自由自在的生活。

青少年时期，元结在家乡的商余山里闲逛。

安史之乱爆发，元结举家逃难，隐居湖北鄂州猗玗洞，后移瀼溪（今江西瑞昌境内），自号浪士，世称“浪翁”。

宝应元年，代宗李豫即位。元结以老母久病，乞免官归养。代宗许之，拜著作郎。遂隐居武昌樊水郎亭山下，与渔人、酒徒为邻。渔者呼为“聱叟”，酒徒称为“漫叟”。

元结生于鲁山，死后葬于鲁山，只活了54岁。元结的好友、大书法家颜真卿亲自为他撰写了一篇《唐故容州都督兼御史中丞本管经略使元君表墓碑铭》，赞美“其心古，其行古，其言古”，惋惜“之才，之德，之美”。

生前有“诗圣”杜甫作诗称赞，死后有大书法家颜真卿撰写碑文追念，这两件事足以让元结永垂不朽了。

大历才子韩翃

韩翃，字君平，南阳（今河南南阳）人，唐代诗人，“大历十才子”之一。

“大历十才子”是唐代宗大历年间10位诗人所代表的一个诗歌流派，他们的共同特点是偏重诗歌形式技巧，据传有李端、卢纶、吉中孚、韩翃、钱起、司空曙、苗发、崔峒、耿沣和夏侯审。

“大历十才子”大都以王维为宗师，秉承山水田园诗派的风格，寄情山水，歌咏自然，格律归整，字句精工。

韩翃于天宝十三载考中进士，闲居长安10年。后因一首《寒食》而被唐德宗赏识，不断晋升，最终官至中书舍人。中书舍人是皇帝的大秘，负责给皇帝起草文件（圣旨），多由有文学声望的人担任。

这是韩翃的那首《寒食》诗：

春城无处不飞花，寒食东风御柳斜。

日暮汉宫传蜡烛，轻烟散入五侯家。

寒食节在清明节前一二日，禁烟火，只吃冷食。待天黑后，由宫中向外传递蜡烛，百姓才点火做饭。寒食节后来又增加了祭扫、踏青、秋千、蹴鞠等风俗。寒食节传承2000余年，曾被称为中国民间第一大祭日。

韩翃的《寒食》诗描写了唐朝寒食节的风情，有春天景色，也有宫廷传蜡烛的风俗，白描手法，清新自然，一幅太平盛世、家国平安的图画，故而皇上喜欢，百姓喜欢。后来，这首诗被选入《唐诗三百首》中。

韩翃的诗笔法轻巧，写景别致，十之八九是送行赠别或者唱和吟咏的诗歌。这首《送客还江东》写得闲淡旷远：

还家不落春风后，数日应沽越人酒。

池畔花深斗鸭栏，桥边雨洗藏鸦柳。

遥怜内舍著新衣，复向邻家醉落晖。

把手闲歌香橘下，空山一望鹧鸪飞。

诗人送友，不言离情愁绪，而写江南春景。池畔花深，桥边柳鸦，香橘听歌，空山望鸟，意境幽静，语言清新，令人回味。

这首《送寿州陈录事》也是一首赠别诗，写得轻巧清丽：

寿阳南渡口，敛笏见诸侯。

五两楚云暮，千家淮水秋。

开帘对芳草，送客上春洲。

请问山中桂，王孙几度游。

寿州在今安徽淮南，录事相当于今天的机要秘书。陈秘书见上级，韩翃嘱咐他要手持竹笏，毕恭毕敬。由此可见真情。五两楚云，千家淮水，开帘芳草，水上送客，写得何等传神！

《宿石邑山中》是韩翃创作的一首七绝。此诗描绘了石邑山的迷人景色。前两句写傍晚山景，后两句写山中夜色，轻灵流动，极为传神：

浮云不共此山齐，山霭苍苍望转迷。

晓月暂飞高树里，秋河隔在数峰西。

《同题仙游观》是韩翃被选入《唐诗三百首》的一首七律诗：

仙台初见五城楼，风物凄凄宿雨收。

山色遥连秦树晚，砧声近报汉宫秋。

疏松影落空坛静，细草香闲小洞幽。

何用别寻方外去，人间亦自有丹丘。

仙游观在中岳嵩山内，初唐时道士潘师正居住在当地的逍遥谷，唐高宗李治对他十分敬重，下令在逍遥谷口修筑仙游门，在谷中修筑道观。

嵩山是秦岭的余脉，诗人入山游览，登高望远，想象丰富：久雨初收之时，风物凄凄，暮霭澹澹，仿佛看到山色连着秦地的树林，仿佛听到洗衣的砧声传到秋天的汉宫。山中青松疏影，道坛空静，细草生香，洞府幽深。整首诗由近及远，又由远及近，动静结合，情景交融，婉转流畅，余味悠长。

这首五律《酬程延秋夜即事见赠》也被选入《唐诗三百首》：

长簟迎风早，空城澹月华。

星河秋一雁，砧杵夜千家。

节候看应晚，心期卧亦赊。

向来吟秀句，不觉已鸣鸦。

诗风依旧幽深旷远，平淡自然：高高的竹子迎风摇曳，空城笼罩在淡淡的月光之中。天上一只秋雁飞过，夜里传来捣衣的声音。晚秋时节，诗人卧榻思友，吟诗酬答，不知不觉天色微明，传来乌鸦的叫声。

韩翃与舞伎柳氏有一段富有传奇色彩的爱情故事。唐天宝年间，韩翃在长安停留，在宴会席间与李王孙的舞伎柳氏相识，二人一见倾心。李王孙看重韩翃的才华，便将柳氏赠予他。两年后韩翃及第，便留下柳氏，回老家省亲去了。谁知还未等韩翃回来，便发生了战乱，柳氏虽削发为尼，也难逃劫难，被蕃将沙吒利劫走。韩柳二人就此失散。京师收复后，韩翃回长安四处寻访柳氏，并带给她一袋碎金，附上《寄柳氏》一诗：

章台柳，章台柳！昔日青青今在否？纵使长条似旧垂，也应攀折他人手。

然而，此时的柳氏，已嫁做他人妇。无奈之中，柳氏还韩翃一首《答韩翃》：

杨柳枝，芳菲节。所恨年年赠离别，一叶随风忽报秋，纵使君来岂堪折！

一首《寄柳氏》，一首《答韩翃》，记录了韩翃和舞伎柳氏的一段传奇故事，令人唏嘘，令人感慨。

『诗囚』孟郊的苦吟岁月

中唐诗人孟郊有一首著名的《游子吟》，可谓家喻户晓、妇孺皆知：

慈母手中线，游子身上衣。

临行密密缝，意恐迟迟归。

谁言寸草心，报得三春晖。

也许很多人不知道，写这首深情朴实之诗的诗人，却是一个一生苦吟的"诗囚"。

孟郊生于湖州武康（今浙江德清县），祖上曾居洛阳。《唐才子传》记载：孟郊，字东野，洛阳人，年轻时曾在嵩山隐居。性格耿直，孤僻。其诗"思苦奇涩，读之每令人不欢""哀怨清切，穷人冥搜"，充满幽僻、清冷、苦涩意象。

金代历史学家、诗人元好问称孟郊为"诗囚"："东野穷愁死不休，高天厚地一诗囚。"

"诗囚"，顾名思义，被诗囚禁，人在诗中。孟郊在溧阳做县尉时，无心做官，常以作诗为乐，作不出诗则不出门，因此常常耽误公事，被罚去一半薪水。县长也很无奈，拿孟郊的另一半薪水再聘个县尉代替他（"以假尉代之，分其半俸"）。作诗到这个份儿上，做人做到这个份儿上，也是做到极致了。

孟郊成为"诗囚"，也与他的坎坷经历有关。

孟郊一生贫困潦倒，四处穷游。两次参加"高考"落榜，46 岁时才中进士，50 岁做了个溧阳县尉，3 年后又辞职不干了。后在河南尹郑馀庆的手下找了份事儿做，遂定居洛阳，晚年多在洛阳度过。

孟郊贫寒凄苦，郁郁寡欢，受尽生活的磨难，故诗以苦吟著称。这首《夜感自遣》即是苦吟的写照：

夜学晓未休，苦吟神鬼愁。

如何不自闲，心与身为仇。

死辱片时痛，生辱长年羞。

清桂无直枝，碧江思旧游。

孟郊生活在底层，沉沦于幕僚，对底层百姓的困苦有深切的了解，其诗颇有杜甫的现实主义传统。《寒地百姓吟》反映了普通百姓的苦难，“霜吹破四壁，苦痛不可逃。高堂搥钟饮，到晓闻烹炮”与杜甫的“朱门酒肉臭，路有冻死骨”有异曲同工之妙。全诗读起来感觉冷飕飕的：

无火炙地眠，半夜皆立号。
冷箭何处来，棘针风骚骚。
霜吹破四壁，苦痛不可逃。
高堂搥钟饮，到晓闻烹炮。
寒者愿为蛾，烧死彼华膏。
华膏隔仙罗，虚绕千万遭。
到头落地死，踏地为游遨。
游遨者是谁？君子为郁陶！

《织妇辞》写的是织妇之苦，她日夜织布，筋疲力尽，却穿着破衣：

夫是田中郎，妾是田中女。
当年嫁得君，为君秉机杼。
筋力日已疲，不息窗下机。
如何织纨素，自著蓝缕衣。
官家榜村路，更索栽桑树。

读孟郊的诗，常常感到他灰暗的心情。孟郊是个高产诗人，在旅居洛阳的日子里，孟郊写了许多自成系列的诗，一写就是八九十篇。秋冬时节，有《感怀八首》，均是悲时伤怀之作。请看这两首：

其一：

秋气悲万物，惊风振长道。
登高有所思，寒雨伤百草。
平生有亲爱，零落不相保。
五情今已伤，安得自能老。

其二：

晨登洛阳坂，目极天茫茫。
群物归大化，六龙颓西荒。
豺狼日已多，草木日已霜。
饥年无遗粟，众鸟去空场。

路傍谁家子，白首离故乡。

含酸望松柏，仰面诉穹苍。

去去勿复道，苦饥形貌伤。

别人观花高兴，孟郊观花伤悲。别人写春色，孟郊写孀妇垂泪：

三年此村落，春色入心悲。

料得一孀妇，经时独泪垂。

游古战场，孟郊有感伤怀古之作：

访旧无一人，独归清雒春。

花闻哭声死，水见别容新。

乱后故乡宅，多为行路尘。

因悲楚左右，谤玉不知珉。

只有在中进士之时，孟郊有过短暂的快乐。这首《登科后》，颇有点春风得意的感觉：

昔日龌龊不足夸，今朝放荡思无涯。

春风得意马蹄疾，一日看尽长安花。

冬暮时分，站在洛阳桥上远望，孟郊此时的心情闲淡旷达，用白描的语言写出了这首著名的《洛桥望晚》：

天津桥下冰初结，洛阳陌上人行绝。

榆柳萧疏楼阁闲，月明直见嵩山雪。

然而，刚刚结束四处漂泊的日子，在洛阳找到工作，孟郊又经历了丧子之痛，他的幼婴死亡。悲痛至极，孟郊作《杏殇九首》，读来令人落泪。请看其中两首：

其一：

冻手莫弄珠，弄珠珠易飞。

惊霜莫翦春，翦春无光辉。

零落小花乳，斓斑昔婴衣。

拾之不盈把，日暮空悲归。

其二：

应是一线泪，入此春木心。

枝枝不成花，片片落翦金。

春寿何可长，霜哀亦已深。

常时洗芳泉，此日洗泪襟。

孟郊早年结识韩愈，颇得韩愈赏识。他的复古卫道思想与韩愈的古文运动一脉相承。孟郊和韩愈是“韩孟诗派”的创始人。韩愈有诗赞孟郊：

低头拜东野，愿得终始如駏蛩。

东野不回头，有如寸筳撞巨钟。

吾愿身为云，东野变为龙。

四方上下逐东野，虽有离别无由逢。

东野是孟郊的字。韩愈是个大文豪，孟郊是一介布衣，韩愈称自己为云，称孟郊为龙，足见韩愈对孟郊的赏识。

孟郊和贾岛是好友，诗风接近，人称“郊岛”。孟郊比贾岛大 28 岁，是贾岛的前辈诗人。但他们都是仕途不济，官职卑微，一生穷困，一生苦吟。孟郊“一生空吟诗，不觉成白头”；贾岛“一日不作诗，心源如废井”，相传他“二句三年得，一吟双泪流”。苏轼称“郊寒岛瘦”，这个评价很传神。

韩愈对孟郊和贾岛的诗也很赞赏，说孟郊诗“横空盘硬语，妥帖力排奡”，贾岛诗“奸穷怪变得，往往造平淡”，视孟郊在贾岛之上。

唐末诗人张为称孟郊的诗“清奇僻苦”。

孟郊爱写古风，尤以五古为多。他的诗既有古朴凝重之长，又有冷峻艰涩之奇，二者相辅相成。“天津桥下冰初结，洛阳陌上人行绝。榆柳萧疏楼阁闲，月明直见嵩山雪”，古朴凝重，笔力高简；“仄步下危曲，攀枯闻孀啼。霜芬稍消歇，凝景微茫齐。痴坐直视听，戆行失踪蹊。岸童劚棘劳，语言多悲凄”，险奇艰涩，气冷意寒。

这首《游终南山》有古意，也有新意，古朴淡雅，有王维山水诗之风：

南山塞天地，日月石上生。

高峰夜留景，深谷昼未明。

山中人自正，路险心亦平。

长风驱松柏，声拂万壑清。

到此悔读书，朝朝近浮名。

这首《登华岩寺楼望终南山赠林校书兄弟》，有些许豪放气概：

地脊亚为崖，耸出冥冥中。

楼根插迥云，殿翼翔危空。

前山胎元气，灵异生不穷。

势吞万象高，秀夺五岳雄。

一望俗虑醒，再登仙愿崇。

青莲三居士，昼景真赏同。

孟郊的《寒溪》九首，寒气逼人，更显冷峻艰涩。请看其中两首：

其一：

晓饮一杯酒，踏雪过清溪。
波澜冻为刀，剸割凫与鹥。
宿羽皆剪弃，血声沉沙泥。
独立欲何语，默念心酸嘶。
冻血莫作春，作春生不齐。
冻血莫作花，作花发孀啼。
幽幽棘针村，冻死难耕犁。

其二：

溪老哭甚寒，涕泗冰珊珊。
飞死走死形，雪裂纷心肝。
剑刃冻不割，弓弦强难弹。
常闻君子武，不食天杀残。
劚玉掩骼胔，吊琼哀阑干。

晚年的孟郊，老病缠身，孤苦无依，丧幼子，失老母，感事伤怀，作《秋怀十五首》。其一曰：

孤骨夜难卧，吟虫相唧唧。
老泣无涕洟，秋露为滴沥。
去壮暂如剪，来衰纷似织。
触绪无新心，丛悲有余忆。
讵忍逐南帆，江山践往昔。

唐元和九年，孟郊 64 岁，郑余庆再度招他往兴元府任参军，孟郊偕妻往赴，行至阌乡县（今河南灵宝），暴疾而卒，朋友帮忙将其葬于洛阳东。这之前，孟郊在洛阳写了一首《冬日》，似是给自己唱的一首挽歌：

老人行人事，百一不及周。
冻马四蹄吃，陟卓难自收。
短景仄飞过，午光不上头。
少壮日与辉，衰老日与愁。
日愁疑在日，岁箭迸如雠。
万事有何味，一生虚自囚。
不知文字利，到死空遨游。

一生为诗苦吟，一生为诗所囚，这是孟郊为自己作的总结，也是孟郊的宿命。

大文豪韩愈的奇文奇诗奇事

历史往往被烟云笼罩着，真真假假，恍恍惚惚，似有似无之间，正如韩愈诗中写的那样：草色遥看近却无。

韩愈是河阳（今河南孟州）人，是唐代古文运动的倡导者，被后人尊为“唐宋八大家”之首，与柳宗元并称“韩柳”，有“文章巨公”和“百代文宗”之名。

然而，千年之后，韩愈能让我们记起的，是一首小诗：

天街小雨润如酥，
草色遥看近却无。
最是一年春好处，
绝胜烟柳满皇都。

这首诗是那样的平淡，像极了中国画中的白描，有些色彩也在似有似无之间，却胜过满城烟柳。这首诗很白话，比较好懂，早春景色，清新自然。

韩愈的文学成就，主要在文，文章气势雄伟，说理透彻，逻辑性强。韩愈是古文运动的倡导者，主张继承先秦两汉散文传统，反对专讲声律对仗而忽视内容的骈体文。

骈体文起源于汉末，形成并盛于南北朝。全篇以双句为主，讲究对仗的工整和声律的铿锵。因句式两两相对，犹如两马并驾齐驱，故被称为骈体。常以四字、六字相间定句，世称“四六文”。唐代科举以诗赋取士，其赋作即源自骈文的律赋。唐代公文亦为骈文，由于迁就句式，堆砌辞藻，往往影响内容表达。韩愈、柳宗元倡导的古文运动，开辟了唐以来古文的发展道路。入宋之后，在欧阳修等人率领之下，古文运动掀起第二轮高潮，散文大家迭出，而骈文自此渐衰。

韩愈文章的特点之一是“发言真率，无所畏避”，也就是敢于讲真话。他的几篇奏疏都是敢于揭发事实，敢说“群臣之所未言”。最有代表性的是那篇著名的《论佛骨表》。元和十四年正月，宪宗派使者去凤翔迎佛骨，长安一时间掀起信佛狂潮。韩愈不顾个人安危，毅然上《论佛骨表》极力劝谏，认为供奉佛骨实在荒唐，要求将佛骨烧毁，不能让天下人被佛骨误导。宪宗非常生气，要用极刑处死韩愈，后将他贬为潮州刺史。

韩愈除文体的独创之外，遣词造句也多有独创。文章中有许多精辟之句，如“业精于勤”“贪多务得”“佶屈聱牙”“同工异曲”“动辄得咎”“俱收并蓄”“焚膏继晷”“啼饥号寒”等，已成为流行的成语。

韩愈的诗力求新奇，重气势，有独创之功。韩愈以文为诗，把新的古文语言、章法、技巧引入诗坛，增强了诗的表达功能，纠正了大历年以来的平庸诗风。他用写赋的方法作诗，铺张罗列，浓彩涂抹，穷形尽相。韩愈有多首长篇古诗，以雄大气势见长和怪奇意象著称。《南山》一诗，102 韵，长达 1000 多字，连用七联叠字句，铺写终南山的高峻和四时景象的变幻。

韩愈一生颇为坎坷。他出生于一个官宦之家，祖辈为官，其父韩仲卿官至秘书郎，在韩愈 3 岁时逝世。韩愈由其兄韩会抚养成人。他自念是孤儿，从小便刻苦读书，无须别人嘉许勉励。韩愈 7 岁时读书，言出成文，13 岁时就能写文章。

韩愈参加“高考”（科举考试），前三次都失败，第四次方考中进士。

韩愈接下来三次参加吏部选拔干部的考试，均告失败。其间曾三次给宰相上书，均未得到回复。贞元十二年七月，韩愈因受宣武节度使董晋推荐，得试任秘书省校书郎，并出任宣武军节度使观察推官。一直到贞元十七年，韩愈才通过吏部考试，贞元十八年春，被任命为国子监四门博士，第二年被任命为监察御史。然而他直言犯上，屡遭贬谪，先后被贬为连州阳山县令，潮州刺史，袁州刺史，官位多有变化，又随征淮西，出使镇州，遭了不少罪，做了不少事，立了不少功，也算青史留名。

韩愈也算个奇人，留下不少逸事典故：他过马牵山，是一个美丽的传说。韩愈到任潮州时，正逢潮州大雨成灾，洪水泛滥，田园一片白茫茫。他到城北巡视，先看了水势，又看了地形，吩咐随从紧随他的马后，凡马走过的地方都插上竹竿，作为堤线的标识。韩愈插好了堤线，就通知百姓，按着竿标筑堤。百姓听了十分高兴，纷纷赶来，岂料一到城北，就见那些插了竹竿的地方已拱出了一条山脉，堵住了北来的洪水。从此，这里不再患水灾了。百姓纷纷传说：“韩文公过马牵山。”这座山，后来就叫“竹竿山”。

他有恐高症。传说韩愈曾与客人共登华山，到达山巅后，发现四周险峻异常，吓得哆哆嗦嗦，没有办法迈步。在惊恐万分的情况下写下遗书，发狂大哭。华山所在的华阴县县令想尽办法，才将其救下。这叫“退之投书 ”，出了洋相，成了笑料。

这就是韩愈，一个大文豪，一个大诗人，一个传奇人物，也是一个普普通通、有七情六欲的人。

“诗魔”白居易的快意人生

唐朝诗人中作诗最多的是大诗人白居易，他一生作诗近3000首，人称“诗魔”“诗王”。

白居易，字乐天，号香山居士，又号醉吟先生，生于河南新郑，是唐代伟大的现实主义诗人，与李白、杜甫齐名，代表作有《长恨歌》《卖炭翁》《琵琶行》等。

白居易的一生是古代成功文士的典范。他不似杜甫那样一生穷困潦倒，又不用像李白那样四处奔波。他学有所成，诗名远扬，仕途顺利，生活富足。后来急流勇退，晚年安居乐业，活了75岁。死后有皇帝作诗悼念，可谓生前显贵，死后显荣。

白居易生于一个中小官僚家庭。少年时天资聪颖，读书十分刻苦，16岁即以一首《赋得古原草送别》成名：“离离原上草，一岁一枯荣。野火烧不尽，春风吹又生。”29岁中进士，授翰林学士，任左拾遗，仕途还是比较顺利的。他初入官场时还是个“愤青”，敢说话，得罪权贵，被贬江州（今江西九江）司马。后还京任职。因朝中朋党倾轧，白居易明哲保身，远离是非，请求外放，先后为杭州刺史、苏州刺史，颇有政绩，深得民心。杭州人为了纪念他治理西湖之功，称湖中一段长堤为“白堤”。文宗大和元年，白居易回长安任秘书监，后任刑部侍郎、太子宾客、河南尹、太子少傅等职。

白居易是中唐时期影响极大的诗人，他与大诗人元稹共同倡导了以创作新题乐府诗为中心的诗歌革新运动，即新乐府运动，主张用通俗化的乐府体写时事和社会生活，明确地提出了“文章合为时而著，歌诗合为事而作”的著名理论。他的诗歌主张和诗歌创作，在中国诗史上占有重要的地位。

白居易的人生总体上可以分为两个时期，前期志在“兼济天下”，实现自己的政治抱负；后期追求“独善其身”，自得其乐。与此相对应的是他的讽喻诗和

白居易《赋得古原草送别》

闲适诗。白居易在《与元九书》中说：“仆志在兼济，行在独善。奉而始终之则为道，言而发明之则为诗。谓之讽谕诗，兼济之志也；谓之闲适诗，独善之义也。”白居易的讽喻诗志在“兼济”，善者言美，恶者言刺；闲适诗则意在“独善”，吟玩性情。

在任秘书省校书郎、翰林学士、左拾遗期间，白居易写了大量反映民生疾苦的讽喻诗。他的名作《卖炭翁》描写了一个烧木炭的老人谋生的困苦，通过卖炭翁的遭遇，揭露了宫中采购的腐败：

卖炭翁，伐薪烧炭南山中。满面尘灰烟火色，两鬓苍苍十指黑。卖炭得钱何所营？身上衣裳口中食。可怜身上衣正单，心忧炭贱愿天寒。

贬谪江州是白居易一生的转折点。他被贬谪的原因与他写的讽喻诗有关。他的诗曾使得“权豪贵近者相目而变色”，让人恨得咬牙切齿。在此之前他以“兼济”为志，希望能对国家、人民做点贡献。贬谪江州之后，他的行事渐渐转向退避保和、独善其身，保持“中立不倚”的节操。白居易在《中隐》诗中写出了他的“中隐”之道：

大隐住朝市，小隐入丘樊。丘樊太冷落，朝市太嚣喧。不如作中隐，隐在留司官。似出复似处，非忙亦非闲。不劳心与力，又免饥与寒。终岁无公事，随月有俸钱。

白居易的诗风也转向平和，以淡泊知足之心，对清爽自然之景：

窗前有竹玩，门外有酒沽。何以待君子，数竿对一壶。

白居易反对齐梁以来“嘲风月、弄花草”的艳丽诗风。在《新乐府序》中，他明确指出作诗的标准是：“其辞质而径，欲见之者易谕也；其言直而切，欲闻之者深诫也；其事核而实，使采之者传信也；其体顺而肆，可以播于乐章歌曲也。”强调语言须质朴，议论须直白，写事须真实，形式须流畅，具有歌谣色彩。的确，白居易的诗，语言通俗易懂，被称为“老妪能解”。连当朝皇帝都称赞白居易的诗：“童子解吟长恨曲，胡儿能唱琵琶篇。”

白居易被贬谪江州后，思想渐渐消沉，不仅炼丹服药，诵经坐禅，学道事佛，更以妓乐诗酒自娱。蓄妓玩乐，始自东晋，唐代比较普遍。为了暂时忘掉人生的烦恼，麻痹自己，白居易既蓄妓又嗜酒，自嘲“世间好物黄醅酒，天下闲人白侍郎”。

像他的醉吟名号一样，白居易喜酒。他家酿的酒远近闻名。每到良辰美景，他便邀客来家，先开酒坛，后捧丝竹。刘禹锡、裴度等名士是他的座上客。众人一边喝酒，一边吟诗，歌舞助兴，直到大醉方归。

白居易养了十几个艺妓，最出名的是樊素和小蛮，一个能歌，一个善舞，人称“素口蛮腰”。白居易诗曰：“樱桃樊素口，杨柳小蛮腰。”白居易 60 多岁时得了风疾，半身麻痹。70 岁时，白居易让樊素和小蛮走了。白居易依依不舍，诗称，“两枝杨柳小楼中，袅娜多年伴醉翁。明日放归归去后，世间应不要春风”，“五年三月今朝尽，客散筵空独掩扉。病共乐天相伴住，春随樊子一时归”。

白居易善于调适自身与环境的关系，不为外物所囿，努力追求“闲适”的境界。他对自己的居所十分讲究。在渭上有蔡渡之居，在江州有草堂之居，在长安有新昌之居。尤好山水、松竹之属，最喜静幽之境。白居易心属洛阳，晚年将洛阳作为自己的宜居之地。长庆四年，白居易任杭州刺史期满，不想去长安，打算回洛阳隐居，便在洛阳履道里买下一处旧宅。太和三年，白居易 57 岁，以太子宾客、太子少傅的身份，回到东都洛阳，长期住在洛阳龙门东山香山寺。此后在洛阳 18 年，过着歌舞诗酒的日子。白居易也做好事，73 岁时捐资并与民众共同治理被称为“八节滩”的伊河险段，使得“夜舟过此无倾覆，朝径从今免苦辛”。他留下的近 3000 首诗中，讴歌洛阳的就有 800 多首。如《洛城东花下作》中的“记得旧诗章，花多数洛阳”。

会昌六年八月，白居易与世长辞，葬于洛阳香山。他去世后，唐宣宗李忱写诗悼念他：“缀玉联珠六十年，谁教冥路作诗仙？浮云不系名居易，造化无为字乐天。童子解吟长恨曲，胡儿能唱琵琶篇。文章已满行人耳，一度思卿一怆然。”这首诗可说是白居易一生的真实写照。

刘禹锡的骨气、豪气和才气

说起唐朝大诗人刘禹锡，人们自然会想到那篇广为流传的《陋室铭》：

山不在高，有仙则名。水不在深，有龙则灵。斯是陋室，惟吾德馨。苔痕上阶绿，草色入帘青。谈笑有鸿儒，往来无白丁。可以调素琴，阅金经。无丝竹之乱耳，无案牍之劳形。南阳诸葛庐，西蜀子云亭。孔子云：何陋之有？

刘禹锡是中唐时期著名的诗人、文学家、哲学家，因性格刚毅、诗风豪放而有“诗豪”之称。刘禹锡与白居易并称“刘白”，与柳宗元并称“刘柳”。

刘禹锡最让人称道的是他的骨气和豪气。最能体现他的骨气的是三次被贬和三次被逼搬家。

刘禹锡祖籍洛阳，其父刘绪曾在江南为官，刘禹锡在那里度过了青少年时期。19 岁那年，刘禹锡离开江南游学长安，由于诗写得好，很快便名噪京城。21 岁参加科举考试，与柳宗元一同考中进士，并成为好友。

贞元二十一年正月，唐德宗卒，顺宗即位。原太子侍读王叔文、王伾素有改革弊政之志，这时受到顺宗信任进入权力中枢。刘禹锡与王叔文要好，遂参与其中，和柳宗元一道成为革新集团的核心人物。由于改革触犯了强大的保守集团的利益，很快宣告失败。顺宗被迫让位于太子李纯，王叔文被赐死，王伾被贬后病亡，刘禹锡与柳宗元等八人皆被贬谪。

这是刘禹锡第一次被贬，被贬于朗州，也就是现在的湖南省常德市。

10 年后，刘禹锡被朝廷召回。春天，刘禹锡游长安玄都观，即兴赋诗一首：“紫陌红尘拂面来，无人不道看花回。玄都观里桃千树，尽是刘郎去后栽！”以桃花隐喻暂时得势的奸佞小人。这便被人抓住把柄，之后便第二次被贬。

这次被贬了 12 年。12 年后，刘禹锡与柳宗元奉诏回京，重游玄都观，又作诗一首——《再游玄都观》："百亩庭中半是苔，桃花净尽菜花开。种桃道士归何处？前度刘郎今又来。"表现了屡遭打击而始终不屈的意志。同样的原因，刘禹锡又遭遇了第三次被贬。这时刘禹锡已经年届五旬，朝廷先是把刘禹锡贬任夔州（今重庆奉节县）刺史，然后又把他赶到了和州（今安徽和县）任通判。

传说在和州，刘禹锡被逼三次搬家。和州知州见刘禹锡是失势之人，就给刘禹锡在偏远的江边安排住处。可刘禹锡不但没有怨言，反而很高兴，还写了两句话贴在门上："面对大江观白帆，身在和州思争辩。"知州听说后很生气，又把刘禹锡的住处从江边迁到了河边，住房面积减半。刘禹锡仍不计较，又在门上写了两句话："垂柳青青江水边，人在历阳心在京。"这下知州更生气了，把刘禹锡赶到了城里的一间只能放一桌一椅一床的斗室中。正是在这间斗室里，刘禹锡写出了著名的《陋室铭》，并将其刻于石碑，立于门前。

刘禹锡的骨气在诗歌中表现为豪放之气。他有着一个斗士的灵魂，在屡遭贬谪的岁月里，吟出了一曲曲孤傲的哀歌。

他的七言古诗《百舌吟》，借百舌鸟啼声善变，讽刺当时政治生活中那些巧言善变的势利之徒：

笙簧百转音韵多，
黄鹂吞声燕无语。
东方朝日迟迟升，
迎风弄景如自矜。

屡屡讽刺、抨击政敌，由此导致一次次的政治打压，但这打压却激起刘禹锡更为强烈的愤懑和反抗，强化着他的豪放气质。刘禹锡并未放弃实现自己的人生理想，诗中常常表现出积极的人生态度。如《秋词》二首之一：

自古逢秋悲寂寥，我言秋日胜春朝。
晴空一鹤排云上，便引诗情到碧霄。

全诗一反传统的悲秋观，赞扬秋天胜春天，赋予秋天新的生命力量。

刘禹锡的《始闻秋风》也是一首高亢的秋歌：

昔看黄菊与君别，今听玄蝉我却回。
五夜飕飗枕前觉，一年颜状镜中来。
马思边草拳毛动，雕眄青云睡眼开。
天地肃清堪四望，为君扶病上高台。

诗人以"马思边草""雕眄青云"为比兴，并以扶病之身，迎着秋风，再上高台，翘首四望，豪情不减，颇有曹孟德"老骥伏枥，志在千里"的神韵。

刘禹锡《乌衣巷》

刘禹锡的山水诗别具一格，常常是写一种时空融合、天地交汇、半虚半实的梦幻空灵景象，如《望洞庭》：

湖光秋月两相和，潭面无风镜未磨。

遥望洞庭山水翠，白银盘里一青螺。

诗人以清新的笔调，生动地描绘出洞庭湖水宁静、祥和的朦胧美。“白银盘里一青螺”，乃奇思妙想：潭面如镜，湖水如盘，君山如螺。

《乌衣巷》是刘禹锡最得意的怀古名篇之一，脍炙人口：

朱雀桥边野草花，乌衣巷口夕阳斜。

旧时王谢堂前燕，飞入寻常百姓家。

刘禹锡是个大才子，不仅诗写得好，而且辞赋、论说文、散文无一不佳。

刘禹锡的辞赋创作在唐代辞赋中有重要地位，其存赋 11 篇。怀才不遇是创作主题，骚怨情怀是情感寄托，并将兼济天下的思想贯穿始终。后人评价中唐时期的辞赋家，列柳宗元为首位，韩愈、刘禹锡并列其次。

刘禹锡的论说文成就很大，内容涉及哲学、政治、医学、书法等方面，有专著，有杂文。

刘禹锡的散文，与他的诗歌一样，美丽隽永。柳宗元说他“文隽而膏，味无穷而炙愈出”。

诗人元稹的爱恨情仇

历史上，能广为流传的诗词并不多，一个诗人有一两首诗甚至有一两句诗流传下来就很不错了。李白、杜甫、白居易的多，不用说了；李贺有“天若有情天亦老”，李商隐有“相见时难别亦难，东风无力百花残。春蚕到死丝方尽，蜡炬成灰泪始干”，元稹有“曾经沧海难为水，除却巫山不是云”。

元稹，字微之，河南洛阳人，唐朝著名诗人。元稹年少即有才名，与白居易同科及第，并结为终生诗友，世称“元白”，二人共同倡导了新乐府运动。在诗歌形式上，元稹是“次韵相酬”的创始者。他和白居易的新体诗在元和年间极为流行，被称为“元和体”。

元稹科举顺利，仕途坎坷。他聪明机智，科考会走捷径，15 岁考中明经科。唐代科举名目甚多，而报考最多的科目则为进士和明经两科，进士科难，明经科易。元稹为尽快摆脱贫困，获取功名，选择投考相对容易的明经科，一考而中。及第之初的元稹却一直无官，闲居于长安。

元稹 24 岁参加吏部考试，当了个校勘典籍的秘书省校书郎；28 岁列“才识兼茂明于体用科”（唐朝众多制考中的一种）第一名，授左拾遗；31 岁任监察御史。因触犯权贵，被一贬江陵，二贬通州，三贬同州，四贬武昌，并逝于武昌军节度使任上，卒年 53 岁。

元稹是个敢爱敢恨的人，官场上屡败屡战，情场上屡屡得手。

唐宪宗元和元年四月，元稹当了“言官”左拾遗，意气风发，一到职立刻接二连三地上疏献表，纵论国家大政，从而引起了宪宗的注意，很快受到召见。元稹奉职勤恳，本应受到鼓励，可是因为锋芒太露，触犯权贵，半年后即被贬为河南县尉。

31 岁时，元稹被提拔为“巡视员”（监察御史），奉命出使剑南东川。尽管只是个八品官，但权限很广。元稹大胆弹劾不法官吏，平反许多冤案，得到民众欢迎。这一举动触犯了朝中既得利益集团，很快他们就找了个机会将元稹排挤外遣——分务东台。东台就是东都洛阳的御史台。

即便遭受到这样的打压，元稹仍然坚持为官之初的原则，秉公执法。元和五年，元稹因弹劾“官二代”、开国重臣房玄龄之后河南尹房式，被朝廷从洛阳召回，并罚了俸禄。也是冤家路窄，在途经华州驿站住宿时，恰逢宦官仇士良、刘士元等人也要在此住宿。为争住上厅，双方言语不和，元稹遭到谩骂，并被打得头破血流，赶出上厅。此事被朝廷知道后，元稹反被唐宪宗以“元稹轻树威，失宪臣体”为由，贬为江陵府士曹参军，从此开始了困顿州郡的贬谪生活。

元稹虽官场失意，而情场还算得意，传说中有三段感情。

一段是与莺莺的私情。唐贞元十五年，元稹在蒲州（今山西永济）与远亲崔姓之女恋爱。崔莺莺才貌双全，是元稹的初恋。崔家虽富却没有权势，这与元稹理想中的婚姻存在很大距离。根据唐代的举士制度，士之及第者还需要经过吏部考试才能正式任命官职，所以元稹于贞元十六年再赴京应试。赴京应试以后，元稹以其文才声名，被新任京兆尹韦夏卿赏识。求官心切的元稹权衡得失，最后还是弃莺莺而娶了韦夏卿之女韦丛。

也许是受良心的谴责，也许是对初恋情人崔莺莺难以忘怀，多年以后元稹以自己的初恋为原型，创作了传奇小说《莺莺传》，后来被人改编为《西厢记》。

元稹的第二段感情是和妻子韦丛的7年情缘，为人津津乐道。元稹曾经写下“曾经沧海难为水，除却巫山不是云”的佳句，就是为悼念亡妻韦丛而作的。

唐德宗贞元十八年，当朝重臣韦夏卿年方20岁的小女儿韦丛下嫁给24岁的诗人元稹。韦夏卿很欣赏元稹的才华，相信他有大好前程，于是将小女儿许配给他。两人在婚后百般恩爱，感情非常好。韦丛不仅贤惠端庄、通晓诗文，而且不慕虚荣，从大富之家来到这个清贫之家，却无怨无悔，关心体贴丈夫。婚后元稹忙着科试，家中的家务全是韦丛一人包办，贤惠淑良有口皆碑。所以元稹在数年以后，总还是会忍不住想起与他共度清贫岁月的结发妻子韦丛。

7年后，韦丛因病去世，年仅27岁。此时31岁的元稹已升任监察御史，幸福的生活就要开始，爱妻却过早去世。诗人无比悲痛，写了3首悼亡诗，这就是最负盛名的《遣悲怀三首》。诗中有名句“诚知此恨人人有，贫贱夫妻百事哀”。后来，元稹又写了一组悼亡绝句《离思五首》，表达对亡妻韦丛忠贞不渝的爱情和刻骨的思念。其中，有那首流传千古的名篇：

曾经沧海难为水，除却巫山不是云。

取次花丛懒回顾，半缘修道半缘君。

元稹的第三段感情是和才女薛涛的爱情纠葛，也是唐朝文艺圈里轰动一时的“姐弟恋”。薛涛是唐代著名的女诗人，她制作的“薛涛笺”一直流传至今。她不仅才貌过人、诗名远扬，而且富有政治头脑。虽是乐伎出身，却心高气傲，十分鄙视那些贪官污吏、达官贵人。元稹来到蜀中之后，慕名与薛涛结识。二人相见，才子佳人，惺惺相惜，薛涛立刻被这位年仅31岁的年轻诗人俊朗的外貌和出色的才情所吸引。两人谈诗论政，情谊渐深。在薛涛的鼓励下，元稹参劾为富不仁的东川节度使严砺，由此得罪权贵，被调离四川任职洛阳，从此两人劳燕分飞。

蜀中分别，两地远隔，鸿雁传书，薛涛写下了五言古诗《春望词》表达对元稹的思念之情：

花开不同赏，花落不同悲。
欲问相思处，花开花落时。
揽草结同心，将以遗知音。
春愁正断绝，春鸟复哀吟。
风花日将老，佳期犹渺渺。
不结同心人，空结同心草。
那堪花满枝，翻作两相思。
玉箸垂朝镜，春风知不知。

薛涛喜欢写短诗，嫌平时写诗的纸幅太大，于是对当地造纸的工艺加以改造，将纸染成桃红色，裁成精巧窄笺，人称“薛涛笺”。

薛涛比元稹大11岁，又是乐籍出身，二人的感情必然无疾而终。于是薛涛脱下了极为喜爱的红裙，换上了一袭灰色的道袍，隐居浣花溪，独上吟诗楼，自度余生。

元稹一生，为情所困，为情而诗，因诗成名，因诗留名，诗得其所。

「鬼才」李贺的「鬼诗」

李贺是中唐的浪漫主义诗人，与李白、李商隐合称为“唐代三李”。他少年成名，仕途不济，英年早逝，只活了27岁。他的诗作想象极为丰富，经常应用神鬼传说来托古喻今，所以被后人称为“鬼才”“诗鬼”，他的诗文被称为“鬼仙之辞”。

毛泽东称李贺的诗是鬼诗，不是人诗。他特别喜欢李贺的诗，在自己的诗中两次引用李贺的诗句“天若有情天亦老”“雄鸡一声天下白”。

读李贺的诗，既为他的鬼才鬼诗所倾倒，又为他的忧思舛命而感慨。

李贺出生于洛阳福昌县（今宜阳县），属于唐宗室的远支后裔，与大诗人杜甫是亲戚。到李贺父亲李晋肃时，早已家道中落。李晋肃漂泊一生，好不容易谋得陕县县令一职，任职不久又去世了。此后家境愈加贫寒，李贺兄弟二人外出谋生，境况凄凉。

李贺自幼体形细瘦，长相奇特。他才思敏捷，7岁能诗。相传李贺少年时，拜访韩愈，挥笔而就，写下《高轩过》一诗，诗曰：

华裾织翠青如葱，金环压辔摇玲珑。
马蹄隐耳声隆隆，入门下马气如虹。
云是东京才子，文章巨公。
二十八宿罗心胸，九精照耀贯当中。
殿前作赋声摩空，笔补造化天无功。
庞眉书客感秋蓬，谁知死草生华风。
我今垂翅附冥鸿，他日不羞蛇作龙。

此诗一气呵成，跌宕多姿，令韩愈大吃一惊，李贺从此名扬京洛。

李贺短暂的一生中只做了3年小官。成名之时，即遭父丧，守孝3年，不能应试。21岁时，参加河南府试，受到考官青睐，年底即赴长安应进士举。可是有人妒其才，说李贺父亲李晋肃的名字犯了禁讳。尽管韩愈据理为其辩解，终无可奈何，李贺不得不愤然离开试院回家，并作《出城》一诗："雪下桂花稀，啼乌被弹归。关水乘驴影，秦风帽带垂。入乡诚可重，无印自堪悲。卿卿忍相问，镜中双泪姿。"表达了悲愤绝望的心情。

后来李贺还是沾了李唐宗室的光，作为宗室后裔，又有韩愈力荐，李贺得以重返长安，经考核后任奉礼郎，从九品。在长安为官3年间，李贺亲身经历、耳闻目睹了许多事情，结交了一批志同道合的朋友，对当时社会状况有了深刻的认识。他个人生活虽不如意，却创作了一系列反映现实、鞭挞黑暗的诗篇。他在中唐诗坛乃至整个唐代文坛的杰出地位，应该说主要是这一时期写下的近60首作品奠定的。

李贺的诗主要是抒发怀才不遇的悲愤，描绘幻想中的神鬼世界，描写人民的疾苦，揭露时弊，批判统治者的荒淫昏聩。有借古讽今的，有发愤抒情的，最有特点的是写神仙鬼魅的，想象丰富奇特，语言瑰丽奇峭。

《天上谣》是李贺创作的一首游仙诗。此诗虚构了一个尽善尽美的仙境，表现出诗人对理想境界的向往。诗曰：

天河夜转漂回星，银浦流云学水声。
玉宫桂树花未落，仙妾采香垂佩缨。
秦妃卷帘北窗晓，窗前植桐青凤小。
王子吹笙鹅管长，呼龙耕烟种瑶草。
粉霞红绶藕丝裙，青洲步拾兰苕春。
东指羲和能走马，海尘新生石山下。

李贺写了以"神弦"为题的3首"神曲"，有《神弦》《神弦曲》和《神弦别曲》。《神弦曲》诗曰：

西山日没东山昏，旋风吹马马踏云。
画弦素管声浅繁，花裙綷縩步秋尘。
桂叶刷风桂坠子，青狸哭血寒狐死。
古壁彩虬金帖尾，雨工骑入秋潭水。
百年老鸮成木魅，笑声碧火巢中起。

神鬼的世界，总让人感觉阴森森的。

在李贺笔下的鬼魂世界中，常常是凄风冷雨，鬼灯如漆，秋坟鬼唱。《秋来》以桐风、衰灯、冷雨、秋坟等意象构成一幅凄惨画面，写出了诗人心中的悲凉和痛苦：

桐风惊心壮士苦，衰灯络纬啼寒素。
谁看青简一编书，不遣花虫粉空蠹。
思牵今夜肠应直，雨冷香魂吊书客。
秋坟鬼唱鲍家诗，恨血千年土中碧。

《南山田中行》写的是李贺家乡的实况。诗人描绘了一幅晚秋暮野图，明丽又幽暗：

秋野明，秋风白，塘水漻漻虫啧啧。
云根苔藓山上石，冷红泣露娇啼色。
荒畦九月稻叉牙，蛰萤低飞陇径斜。
石脉水流泉滴沙，鬼灯如漆点松花。

李贺的诗多用衰老和死亡意象，诗中老、死、衰、残、瘦、鬼、枯、病、朽、暮、哭、愁、苦等字眼也随处可见。研究者统计，上述字眼在李贺诗集中共出现400多次，平均每首诗出现两次。这一方面是由于李贺体弱多病，仕进无路，对世态炎凉感同身受；另一方面，李贺的诗想象力丰富，意境诡异，常用些险韵奇字，风格奇特。诗是现实的反映，李贺的鬼诗写的就是如鬼蜮般的现实世界。

尽管体弱多病，李贺也曾经发出"男儿屈穷心不穷，枯荣不等嗔天公""少年心事当拿云，谁念幽寒坐呜呃"的豪言壮语，更满怀着"男儿何不带吴钩，收取关山五十州"的雄心壮志。他的诗也有慷慨激昂之作：《雁门太守行》意境苍凉，格调悲壮，具有强烈的艺术感染力，其中"黑云压城城欲摧，甲光向日金鳞开"为千古绝唱。

李贺作诗，焦思苦吟，奇思怪想。他骑一毛驴，背一锦囊，早出晚归，四处游走，想到一个佳句，就赶快记下来，放在囊中。作诗成就了李贺的诗名，也消耗了他年轻的生命。李贺一生短暂，人生不幸，借鬼言事，借鬼抒情，生为鬼才，死为诗鬼，奇人奇事奇诗，令人扼腕叹息。

中国朦胧诗的鼻祖
李商隐

李商隐是晚唐的著名诗人，和杜牧合称“小李杜”，与温庭筠合称“温李”。他的诗构思新奇，婉约含蓄，隐晦迷离，颇具朦胧美，可说是中国最早的朦胧诗。

李商隐的诗写得十分唯美，有许多名句千古流传，如“相见时难别亦难，东风无力百花残。春蚕到死丝方尽，蜡炬成灰泪始干”“身无彩凤双飞翼，心有灵犀一点通”“夕阳无限好，只是近黄昏”“天意怜幽草，人间重晚晴”等。

李商隐字义山，号玉谿生，又号樊南生，原籍怀州河内（今河南焦作），祖辈迁荥阳（今河南荥阳）。少年时随做小官的父亲在外乡漂泊。10岁时父亲去世，李商隐随母还乡，过着清贫的生活。16岁以擅长古文而出名。在经历了多次应试失败后，唐文宗开成二年，李商隐考中进士，曾任秘书省校书郎、弘农（今河南灵宝）尉等职。后因卷入“牛李党争”的政治旋涡而备受排挤，一生困顿不得志，做了多年幕僚。唐宣宗大中末年，李商隐在家乡郑州（荥阳）病故。

李商隐的诗，数量最多、成就最大、影响最为深远的，一类是无题诗，一类是咏史诗。无题诗多是爱情诗，借爱情表达情怀，千种相思，万般感慨，必然朦胧；咏史诗借古讽今，托物言志，必然隐晦。因此，这两类诗均可归为朦胧诗。

李商隐以“无题”为名的爱情诗，有些无题，有些是以句首二字为题的“准无题”，皆有“朦胧”的特点，其意隐秘难猜。这些诗有的有所寄托，有的属于情诗。

李商隐的“准无题”诗《锦瑟》是代表作之一，此诗貌似咏物，实则咏怀。诗曰：

锦瑟无端五十弦，
一弦一柱思华年。
庄生晓梦迷蝴蝶，
望帝春心托杜鹃。
沧海月明珠有泪，

蓝田日暖玉生烟。
此情可待成追忆，
只是当时已惘然。

此诗是李商隐最难索解的作品之一，诗家素有“一篇《锦瑟》解人难”的慨叹。其诗旨历来众说纷纭，有悼亡说、寄托说、恋情说、咏瑟说、自伤身世说等多种解释。一张古琴50根弦，引出诗人无限联想。作者在诗中追忆青春年华，伤感人生遭遇。诗中借用庄生梦蝶、杜鹃啼血、沧海珠泪、蓝田生烟等典故，采用比兴手法，运用联想与想象，创造出朦胧的意境。全诗辞藻华美，含蓄深沉，情真意长，感人至深。这首诗是李商隐病居郑县老家时所作，也是封笔之作，联想到他的坎坷一生，意味深长。

另一首无题诗，写了一场艳遇：

昨夜星辰昨夜风，画楼西畔桂堂东。
身无彩凤双飞翼，心有灵犀一点通。
隔座送钩春酒暖，分曹射覆蜡灯红。
嗟余听鼓应官去，走马兰台类转蓬。

首联“昨夜星辰昨夜风，画楼西畔桂堂东”，点出了时间和地点。“画楼西”，“桂堂东”，是一个给人无限联想的地方。颔联“身无彩凤双飞翼，心有灵犀一点通”，有些双双吸引、相见恨晚的意味。“隔座送钩春酒暖，分曹射覆蜡灯红”，已经眉目传情、暗送秋波了。“嗟余听鼓应官去，走马兰台类转蓬。”可以想见诗人在灯红酒绿、歌舞喧闹的夜宴上，与所爱之人相视传情，离去时不免惆怅落寞。诗人遇见的是一个什么人？是新欢还是旧爱？尽管揣测去吧！

李商隐的无题诗《相见时难别亦难》（题目是后人添加），据说是为一个女道士所写：

相见时难别亦难，东风无力百花残。
春蚕到死丝方尽，蜡炬成灰泪始干。
晓镜但愁云鬓改，夜吟应觉月光寒。
蓬山此去无多路，青鸟殷勤为探看。

李商隐在十五六岁时，被家人送往玉阳山学道。其间与玉阳山灵都观女道士宋华阳相识相恋，无果而终。诗中描写了一对情人离别的痛苦和别后的思念，既朦胧婉约，又深情无限，具有浓郁的伤感色彩。

李商隐和妻子王氏的感情非常好。这位出身于富贵家庭的女性，多年来一直尽心照料家庭，支持丈夫。由于李商隐多年在外游历，夫妻在很长的一段时间里聚少离多，李商隐对于妻子始终怀有歉疚，他的一部分爱情诗表现了他与妻子王氏的伉俪情深，代表作为《夜雨寄北》：

君问归期未有期，
巴山夜雨涨秋池。
何当共剪西窗烛，
却话巴山夜雨时。

此诗通过对巴山夜雨秋景的描写，表现了诗人客居异乡的寂寞和对妻子的深切思念之情。结婚不到 12 年，李商隐的妻子就死了，他写了许多悼亡追忆之作。

李商隐的《重过圣女祠》是一首有题诗，但意境扑朔迷离，托寓似有似无：

白石岩扉碧藓滋，上清沦谪得归迟。
一春梦雨常飘瓦，尽日灵风不满旗。
萼绿华来无定所，杜兰香去未移时。
玉郎会此通仙籍，忆向天阶问紫芝。

此诗歌咏一位“上清沦谪”（从上清仙境被贬谪到人间）的圣女。如烟的春雨飘在屋檐上，灵风吹动着旗幡，仙女来无定所，去无踪影。诗人将自己的身世

李商隐《相见时难别亦难》

悲感与所歌咏的对象融合了起来，借圣女的口吻来诉说自己的遭际，意境缥缈。

李商隐的《咏史》借古讽今，批判了统治者的荒淫、愚昧和无能：

北湖南埭水漫漫，一片降旗百尺竿。

三百年间同晓梦，钟山何处有龙盘？

站在金陵玄武湖旁，看水漫漫、旗飘飘，三百余年如同一场短梦。全诗熔写景、议论于一炉，四句诗写尽六朝三百年兴衰。

李商隐的诗歌在晚唐独树一帜，开创了诗歌的新风格、新境界，将含蓄、朦胧的表现手法运用到了极致。但部分诗歌过于隐晦迷离，难于索解，以至有“诗家总爱西昆（宋代西昆诗派崇尚李商隐）好，独恨无人作郑笺（指为诗作注解）”之说。意思是说，李商隐的诗虽好，却难以理解。连梁启超先生都说：“义山的《锦瑟》《碧城》《圣女祠》等诗，讲的什么事，我理会不着。拆开来一句一句叫我解释，我连文义也解不出来。但我觉得它美，读起来令我精神上得一种新鲜的愉快。”

李商隐继承了杜甫七律锤炼谨严、沉郁顿挫的特色，又融合了齐梁诗的浓艳色彩、李贺诗的幻想象征手法，形成了深情绵邈、绮丽精工的风格。但他的诗中因爱用僻典，有的诗句句有典故，诗的整体意旨往往隐晦曲折，难以理解。他善于用艳丽的艺术形式表达惆怅落寞的情绪，诗中充满了迷茫与悲凉的体验，富有象征暗示色彩，朦胧含蓄地表达自己的情思，成为伤感唯美文学的典型。

兴起于20世纪70年代末80年代初，以舒婷、北岛、顾城、江河、食指、芒克等为代表的朦胧诗派，诗意隐约含蓄，主题多解多义，给诗苑带来了一股新异的诗风，曾引起极大争论和广泛关注。他们的朦胧诗是否受到1000多年前的大诗人李商隐的影响？虽时代不同，但皆为朦胧手法，同是隐晦表达，相信会有关联。请专家们去考证吧！

亡国『词帝』李煜

李煜是南唐最后一位皇帝，人称李后主。

南唐是五代十国时期李昪在江南建立的政权，传三世三帝，享国39年，是十国当中版图最大的王朝。但到中主李璟后期，已是风雨飘摇、内外交困。

李煜从他父亲南唐中主李璟那里接手了一个烂摊子，勉力支撑15年，后被北宋灭亡。金陵（今江苏南京）陷落，李煜被俘押解至汴京（今河南开封），3年后死于汴京。

命运给李煜开了个大大的玩笑。他才华横溢，工书善画，能诗擅词，通晓音律，本无心争权夺利，却偏偏做了皇帝；他宽厚仁孝，勤政爱民，在皇帝位上很想有所作为，却生不逢时，最终丢了皇帝，做了“词帝”。

李煜，一个亡国的皇帝，一个悲愤哀怨的词人。他的命运，与北宋紧密相关；他的词，与汴京连在一起。

李煜的词，存世共有30余首，在内容上，可以亡国降宋为界分为前后两期：前期词主要反映宫廷生活和男女情爱，风格绮丽柔靡；后期词反映亡国之痛，哀婉凄凉。

李煜出生南唐深宫，自幼受宫中宠爱，过着锦衣玉食的生活。做了皇帝，依然尚奢侈、好声色。曾用嵌有金线的红丝罗帐装饰墙壁，用绿宝石镶嵌窗格，以红罗朱纱糊窗；屋外则广植梅花，于花间设置彩画小木亭，李煜和爱姬周氏赏花对饮。

李煜此时的诗词作品，尽述宫闱之乐、闺房之趣。如《木兰花》一诗，是他为帝时纵情声色的真实写照：

晓妆初了明肌雪，春殿嫔娥鱼贯列。

凤箫声断水云间，重按霓裳歌遍彻。

李煜《相见欢》

临风谁更飘香屑？醉拍阑干情未切。

归时休放烛光红，待踏马蹄清夜月。

南唐亡国后，李煜被俘入宋，被囚禁在汴京的一个小院子里，受尽屈辱，“日夕以泪洗面”。国破家亡，身陷囹圄，李煜的感受是什么？有恨，他不敢写；有怨，也不能写。他只能写自己的悲痛、伤感、愁绪、思念。人生无常，愁肠百转，思念故国和亲人，他用血泪写出了国破家亡的凄凉和悔恨，用他的悲情和才情写出了千年绝唱。

李煜善于用白描的手法，直抒胸臆，不隐约其词，却又情味隽永。他善于用贴切的比喻将抽象的感情形象化，形成清新婉约的艺术特色。

《相见欢》是一篇写亡国离愁的佳作。深秋月夜，独上西楼，一钩新月，几株梧桐，凄楚清冷，一个亡国的皇帝，怎不愁绪满怀：

无言独上西楼，月如钩。寂寞梧桐深院锁清秋。

剪不断，理还乱，是离愁。别是一般滋味在心头。

《浪淘沙·帘外雨潺潺》表现的是亡国之痛和囚徒之悲，哀怨动人：

帘外雨潺潺，春意阑珊，罗衾不耐五更寒。梦里不知身是客，一晌贪欢。独自莫凭栏，无限江山，别时容易见时难。流水落花春去也，天上人间。

在潇潇春雨和阵阵春寒之中，词人于残梦中惊醒，回到了真实人生的凄凉景况中来，甚至不敢倚栏想望。遥想故国江山，已是“别时容易见时难”。看流水落花，春天渐渐远去，恍惚中不知“天上人间”。

《虞美人·春花秋月何时了》是李煜死前所作，通过对过去与现在、国君与囚徒、自然永恒与人生无常的矛盾对比，抒发了一个亡国国君的悲情：

春花秋月何时了，往事知多少。小楼昨夜又东风，故国不堪回首月明中。

雕阑玉砌应犹在，只是朱颜改。问君能有几多愁，恰似一江春水向东流。

此词大约作于李煜归宋后的第三年。词中流露了不加掩饰的故国之思，据说是促使宋太宗下令毒死李煜的原因之一。因此，这首词被认为是李煜的绝命词。全词语言优美，婉转流畅，生动传神，用春花秋月、小楼东风、雕阑玉砌描绘意境，用“一江春水向东流”表达哀愁，深深地打动了历代读者的心，引起强烈共鸣，因而被千古流传，称为“词中之帝”。

客观地看，李煜不仅是个大才子，而且也是一个有作为的皇帝，至少不是一个昏君。

面对强宋，他曲意逢迎，虚与周旋。除岁贡外，每逢宋廷用兵或有重大活动，他也进礼以示支持和祝贺。他登基后，下令去除唐号，改称江南国主，又下令贬损仪制，撤去金陵台殿鸱吻，并先后多次上表宋廷，请求直呼其名，以示尊奉宋朝。

在治国上，李煜爱民如子，诏令减免税收、免除徭役，与民生息。取消李璟时设置的诸路屯田使，将各郡屯田划归州县管辖，将屯田所获租税的十分之一作为官员俸禄。此项政策推行后，既增加了赋税，又可使百姓安心耕作。

在军事上，李煜采用陈乔、张洎之策，坚壁清野、固守城池，以拖垮长途奔袭的宋军为防御策略。表面上臣服宋朝，暗中缮甲募兵，潜为备战。宋与南唐开战后，李煜立即与宋断绝邦交，派兵应战，并亲自巡城。同时，李煜展开积极的外交，致书吴越王钱俶，以图瓦解宋与吴越的联盟，并作蜡丸帛书求救于契丹。

李煜的这些治国之策，使南唐又维持了 15 年。即使宋军开战，战争也打了一年多，宋军屯兵金陵城下达一年之久，说明李煜的军事策略还是有效的。

然而，南唐国势已败，李煜无力回天，这是大势所趋。李煜的悲剧不是他个人的悲剧，而是一个国家的悲剧，一个时代的悲剧。这个悲剧，也成就了一代“词帝”。

柳永：写尽柔情是忧愁

北宋著名词人柳永，又名柳三变，是婉约派代表人物。他的粉丝很多，号称“杨柳岸边，凡有井水饮处，即能歌柳词”；他的追随者众多，许多年轻词人学习模仿他的词，即使是苏轼、黄庭坚、秦观、周邦彦等著名词人，也受到柳永词的影响。

柳永才高八斗，但命运多舛，仕途不济，浪迹天涯，穷困潦倒。

柳永是福建人，但是，他的成名地在北宋首都汴京（今河南开封），他的伤心地也在汴京。

柳永出身官宦世家，年少时即学习诗词，对功名利禄充满幻想。

大中祥符元年，柳永踌躇满志来到京师汴京。在此之前，柳永的词已经小有名气。来京之后，柳永经常出入烟花柳巷，写些艳词，名气更大，连真宗皇帝都知道柳永的词。来京第二年，春闱在即，柳永自信“定然魁甲登高第”。然而，到考试时，柳永却初试落第。宋真宗以轻浮之名，用朱笔轻轻一画，改变了一代词人的命运。此后柳永又连续三次科考落选，受打击极大。宋真宗不无蔑视地说：让他填词去吧！

在初试落第、被宋真宗朱笔除名之后，柳永索性放浪形骸，自号“奉圣旨填词柳三变”，混迹于娼馆酒楼之间。这期间，柳永写了大量描写市民阶层男女之情的词，词中的女主人公多数是沦入青楼的不幸女子。柳永的这类词，写出了被遗弃的或失恋的平民女子的痛苦心声，表达了对底层民众尤其是底层女子的深深同情。

在宋代，歌伎以歌舞表演为生，其表演效果的好坏，与唱词关系很大。而唱词则靠词人填写。歌伎为了使自己的演唱吸引观众，往往主动向词人乞词，希望不断获得词人的新词作，使自己成为新作的演唱者，同时也希望通过词人在词中对自己的赞赏来提升名气。柳永落第后，是歌伎们的座上宾，而且也常常得到她们的经济资助，减少了柳永的衣食之虞。

柳永在歌伎和市井坊间的名气，连东坡先生也羡慕。南宋俞文豹在《吹剑续录》中记载：东坡在玉堂，有幕士善讴，因问："我词比柳词何如？"对曰："柳郎中词，只好十七八女孩儿，执红牙拍板，唱'杨柳岸，晓风残月'；学士词须关西大汉，执铁板唱'大江东去'。"公为之绝倒。这段话明确告诉苏东坡，在市井街肆中，你老苏没有人家柳三变的名气大。

柳永是第一位对宋词进行全面革新的词人。唐五代时期，词的体式以小令为主；到了宋初，词人擅长和习用的仍是小令。柳永以前，慢词总共不过10余首，而柳永一人就创作了慢词87首，是第一个大量创制慢词的人。柳永还是两宋词坛创用词调最多的词人。据统计，在宋词880多个词调中，属于柳永首创或首次使用的就有100多个。词至柳永，体制始备，令、引、近、慢、单调、双调、三叠、四叠等长调短令，日益丰富。

柳永有几首词反映了他不同时期的心情。

早年畅游苏杭，柳永初入社会，踌躇满志，一首《望海潮·东南形胜》写得波澜壮阔，气象万千：

东南形胜，三吴都会，钱塘自古繁华。烟柳画桥，风帘翠幕，参差十万人家。云树绕堤沙，怒涛卷霜雪，天堑无涯。市列珠玑，户盈罗绮，竞豪奢。

重湖叠巘清佳。有三秋桂子，十里荷花。羌笛弄晴，菱歌泛夜，嬉嬉钓叟莲娃。千骑拥高牙。乘醉听箫鼓，吟赏烟霞。异日图将好景，归去凤池夸。

屡试不第，仕途不济，柳永写下了著名的《鹤冲天·黄金榜上》，表现出对身世飘零之叹，对功名的失望和鄙视：

黄金榜上，偶失龙头望。明代暂遗贤，如何向。未遂风云便，争不恣游狂荡。何须论得丧？才子词人，自是白衣卿相。

烟花巷陌，依约丹青屏障。幸有意中人，堪寻访。且恁偎红翠，风流事，平生畅。青春都一饷。忍把浮名，换了浅斟低唱！

离开京师，与情人离别，柳永作著名的《雨霖铃·寒蝉凄切》，满怀愁绪：

寒蝉凄切，对长亭晚，骤雨初歇。都门帐饮无绪，留恋处，兰舟催发。执手相看泪眼，竟无语凝噎。念去去，千里烟波，暮霭沉沉楚天阔。

多情自古伤离别，更那堪冷落清秋节！今宵酒醒何处？杨柳岸，晓风残月。此去经年，应是良辰好景虚设。便纵有千种风情，更与何人说？

浪迹天涯，柳永作《八声甘州·对潇潇暮雨洒江天》，抒发了漂泊江湖的愁思和仕途失意的悲慨：

对潇潇暮雨洒江天，一番洗清秋。渐霜风凄惨，关河冷落，残照当楼。是处红衰翠减，苒苒物华休。惟有长江水，无语东流。

不忍登高临远，望故乡渺邈，归思难收。叹年来踪迹，何事苦淹留。想佳人妆楼颙望，误几回、天际识归舟。争知我，倚栏杆处，正恁凝愁！

景祐元年，宋仁宗亲政，特开恩科，对历届科场沉沦之士的录取放宽尺度，柳永闻讯，即由鄂州赶赴京师。是年春闱，柳永与其兄柳三接同登进士榜，授睦州团练推官。暮年及第，柳永喜悦不已。此后为地方官三任九年，辗转多地，颇有政绩，按宋制理应磨勘改官，竟未成行。后定居润州，活了约 70 岁。

一代才子词人，一腔热情面对无情，词中柔情化作悲情，写不尽的忧伤感慨，而且一语成谶：忍把浮名，换了浅斟低唱！

苏轼：一洗万古凡马空

北宋大文学家苏轼，字子瞻，号东坡居士，人称苏仙，是一个奇才、大才、全才，诗、词、赋、书、画，无一不能，无一不精，无一不强。

南宋著名词人刘辰翁称赞：词至东坡，倾荡磊落，如诗，如文，如天地奇观。

金代诗人元好问称赞：自东坡一出，性情之外，不知有文字，真有“一洗万古凡马空”气象。“一洗万古凡马空”是杜甫称赞九天龙马的诗句，意思是龙马一出，万代凡马皆平庸。

清朝杰出诗人王士祯称赞：汉魏以来，二千余年间，以诗名其家者众矣。顾所号为仙才者，唯曹子建、李太白、苏子瞻三人而已。把苏轼与曹植、李白并称为“诗中三仙”。

苏轼出生于四川眉山，成名于北宋首都汴京，死后葬于河南郏县，与河南有不解之缘。

苏轼有着显赫的家族背景，他是初唐大臣苏味道之后。苏轼和父亲苏洵、弟弟苏辙皆是大文学家，合称“三苏”，位列“唐宋八大家”。

嘉祐元年，苏洵带着21岁的苏轼、19岁的苏辙，自四川沿江东下，于嘉祐二年进京应试。当时的主考官、文坛领袖欧阳修对苏轼极为欣赏，称赞苏轼“此人可谓善读书，善用书，他日文章必独步天下”。在欧阳修的一再称赞下，苏轼一时声名大噪，每有新作，立刻就会传遍京师。

然而，苏轼一生坎坷，先是家庭变故，后陷“乌台诗案”，多次被贬，流落到海南岛儋州，最后死于北归途中。

苏轼的第一个官职是河南福昌县（今河南宜阳县）主簿，属正九品。他的弟弟苏辙是河南渑池县主簿。只是二人俱未赴任，在京城准备参加朝廷选拔干部的制科考试。

当苏轼父子名动京师，正要大展身手时，却遭到多次变故，先是苏轼的母亲病故，二兄弟随父回乡奔丧。几年后，苏洵病逝，苏轼、苏辙兄弟扶柩还乡，守孝3年。3年之后，苏轼还朝，震动朝野的王安石变法开始了。苏轼的许多师友，包括当初赏识他的恩师欧阳修在内，因反对新法与新任宰相王安石政见不合，被迫离京。朝野风雨飘零，苏轼眼中所见，已不是他20多岁时所见的“平和世界”了。

元丰二年，苏轼43岁，被调任湖州知府，却陷入了一场文字狱。上任后，他即给皇上写了一封《湖州谢表》，却改不了文人的臭毛病，称自己“愚不适时，难以追陪新进”“老不生事或能牧养小民”。这些话被新党抓了辫子，说他讽刺政府，对皇帝不忠。这年七月二十八日，苏轼上任才3个月，就被御史台的吏卒逮捕，解往京师，坐牢103天，差点被杀头。这就是北宋著名的“乌台诗案”。后来经多方营救，被从轻发落，贬为黄州（今湖北黄冈）团练副使。

在黄州，苏轼心灰意冷，曾多次到黄州城外的赤壁山游览，写下了《赤壁赋》《后赤壁赋》和《念奴娇·赤壁怀古》等千古名作。

宋哲宗即位，高太后以哲宗年幼为名，临朝听政，司马光重新被起用为相，以王安石为首的新党被打压。苏轼东山再起，被召还朝，升中书舍人，又升翰林学士。

为避朝中新党旧党之争，苏轼再次请求外放。元祐四年，苏轼任杭州知府。率众疏浚西湖，把挖出的淤泥集中起来，筑成一条纵贯西湖的长堤，后人名之曰“苏公堤”，简称“苏堤”。“苏堤春晓”是著名的西湖十景之一。

“东坡处处筑苏堤”。苏轼一生筑过三条长堤，政绩显著，颇受民众欢迎。他被贬颍州（今安徽阜阳）时，对颍州西湖也进行了疏浚，并筑堤。他被贬惠州时，把皇帝赏赐的黄金拿出来，捐助疏浚西湖，并修了一条长堤。为此，“父老喜云集，箪壶无空携。三日饮不散，杀尽村西鸡”，人们欢庆不已。

苏轼一生宦海浮沉，奔走四方，生活阅历极为丰富。他善于从人生遭遇中总结经验，也善于从客观事物中见出规律，始终保持着顽强乐观的信念和超然自适的人生态度，成为后代文人景仰的范式：进退自如，宠辱不惊。

苏轼在词的创作上取得了非凡的成就，词开豪放一派，与辛弃疾同是豪放派代表，并称“苏辛”。苏轼继柳永之后，对词体进行了全面的改革，最终突破了词为“艳科”的传统格局，追求壮美的风格和阔大的意境。

苏轼词扩大了词境。他豪情满怀时，高唱“会挽雕弓如满月，西北望，射天狼”（《江城子·密州出猎》）。他望月思故乡时，便感悟“人有悲欢离合，月有阴晴圆缺，此事古难全”（《水调歌头·明月几时有》）。他登临古迹，便慨叹“大

苏轼《赤壁怀古》

江东去，浪淘尽，千古风流人物”（《念奴娇·赤壁怀古》）。

苏轼词提高了词品。人称诗言志、词言情。苏轼的“以诗入词”，把词家的“言情”与诗人的“言志”很好地结合起来。他借咏孤雁，自标高洁：“拣尽寒枝不肯栖，寂寞沙洲冷。”他宁愿“小舟从此逝，江海寄余生”。即使写闺情，品格也特高。他悼念亡妻，感人至深：“十年生死两茫茫。不思量，自难忘。千里孤坟，无处话凄凉。纵使相逢应不识，尘满面，鬓如霜。”

苏轼一生写了2700多首诗，比唐代大诗人李白、杜甫写的都要多。其诗题材广阔，清新豪健，善用夸张、比喻，独具风格，与黄庭坚并称“苏黄”。他的诗中干预社会现实和思考人生的题材十分突出。深刻的人生思考使苏轼对沉浮荣辱持有冷静、旷达的态度。《题西林壁》简直是一首哲理诗：

横看成岭侧成峰，远近高低各不同。
不识庐山真面目，只缘身在此山中。

《和子由渑池怀旧》表达对人生来去无定的怅惘和对往事旧迹的深情眷念，是苏轼七律中的名篇：

人生到处知何似，应似飞鸿踏雪泥。
泥上偶然留指爪，鸿飞那复计东西。
老僧已死成新塔，坏壁无由见旧题。

往日崎岖还记否，路长人困蹇驴嘶。

苏轼的散文著述丰富，豪放自如，呈现出多姿多彩的艺术风貌，苏轼与欧阳修并称“欧苏”。他广泛地从前代的作品中汲取艺术营养，孟子和战国纵横家的雄放气势，庄子的丰富联想和自然恣肆的行文风格，像行云流水一样自然、畅达。他的辞赋有很高的成就，如《赤壁赋》和《后赤壁赋》这样的名篇，情景兼备，堪称优美的散文诗。

苏轼一生屡经坎坷，他的书法风格也因此跌宕。他擅长写行书、楷书，与黄庭坚、米芾、蔡襄并称为“宋四家”。存世作品有《赤壁赋》《黄州寒食诗》和《祭黄几道文》等帖。

苏轼擅长画墨竹，且绘画重视神似，提倡“诗画本一律，天工与清新”，而且明确地提出了“士人画”的概念，为以后“文人画”的发展奠定了一定的理论基础。其作品有《古木怪石图卷》《潇湘竹石图卷》等。

苏轼一生仕途坎坷，却也潇洒自如。他的一生对道教情有独钟，常穿道袍，游访道士。

他本人是个美食家，在杭州任上，烧得一手好菜，指点家人将猪肉切成方块，烧得红酥，然后分送给大家吃，这就是著名的东坡肉的由来。

苏轼既好酒又好茶，这两种爱好很能代表他的性格特质。酒之张扬、豪迈，茶之清雅、闲适，在他身上得到了很好的融合。爱酒，他“明月几时有，把酒问青天”。爱茶，他在《汲江煎茶》一诗中，就生动地描述了煎茶和饮茶的过程：

活水还须活火烹，自临钓石取深清。

大瓢贮月归春瓮，小杓分江入夜瓶。

为了饮一盏好茶，苏轼不惜在夜间摸着黑，踩着石头，临江取水，用大瓢舀水倾入瓮中，而月影也跟着倒了进去。

苏轼死后，葬于河南郏县的小峨眉山东麓。此地背依嵩山余脉莲花山，面向汝水，山川秀丽，风景宜人。苏辙曾出知汝州，兄弟二人同游汝州属下的郏城，见莲花山酷似家乡峨眉山，就议定以此作为归宿地。苏轼卒于常州，苏辙卒于颍昌，二人均葬于小峨眉山。其后，郏县人在这里为苏轼的父亲苏洵修了衣冠冢，于是人们称这里为“三苏坟”。一代文豪永远与中原的山水相伴。

叶县县尉黄庭坚

北宋文学家、书法家、大诗人黄庭坚，字鲁直，号山谷道人，22 岁考中进士，23 岁任汝州叶县（今河南平顶山叶县）县尉，开始走上仕途。

北宋时，县政府公务人员并不多，一个县令，一个县丞，一两个县尉，等等。县尉负责治安管理，办案。

宋时的县尉远没有今天的公安局长风光，是个不入流的小官，出力不讨好。北宋时，一年科考中进士的也就几百号人，是国之栋梁，志向远大。一个读书人，十年寒窗，好不容易中了个进士，给个芝麻大的小官，许多人选择不去上任。况且文人当武官，多不情愿。当年杜甫奔波多年，好不容易得到河西县尉一职的任命，却坚辞不做，宁愿担任管理兵械仓库的参军。高适做了封丘县尉，心中满是委屈，并在诗中诉苦："只言小邑无所为，公门百事皆有期。拜迎长官心欲碎，鞭挞黎庶令人悲。"

黄庭坚还是到叶县走马上任了。但他是个孝子，赴任前先回家探望母亲，赴汝州途中又遇洪水，晚了好几个月才到汝州报到，被汝州通判富弼拘留于幕府中严加盘问，甚至要向朝廷申报另行改官。

黄庭坚在汝州作七律《思亲汝州作》，表达了此时的心情：

岁时寒侵游子衣，拘留幕府报官移。
五更归梦三百里，一日思亲十二时。
车上吐茵元不逐，市中有虎竟成疑。
秋毫得失关何事，总为平安书到迟。

在汝州被审查一事，给年轻气盛的黄庭坚一个下马威，从黄庭坚那首《初至叶县》诗中，不难看出他心中的忧虑：

白鹤去寻王子晋，真龙得慕沈诸梁。

千年往事如飞鸟，一日倾愁对夕阳。

遗老能名唐郡邑，断碑犹是晋文章。

浮云不作苞桑计，只有荒山意绪长。

尽管如此，黄庭坚不改初衷，将后蜀孟昶的诗句“尔奉尔禄，民膏民脂；下民易虐，上天难欺”，亲自题写刻在戒石上，以自警自勉。

来叶县的第二年，河北等地发生干旱、地震、洪水等灾害，灾民流向叶县，黄庭坚参加赈济、安置工作，作《流民叹》一诗，记录了地震和洪水给民众带来的灾难，表达了对灾民的深切同情：

朔方频年无好雨，五种不入虚春秋。

迩来后土中夜震，有似巨鳌复戴三山游。

倾墙摧栋压老弱，冤声未定随洪流。

地文划劙水瘠沸，十户八九生鱼头。

稍闻澶渊渡河日数万，河北不知虚几州。

累累襁负襄叶间，问舍无所耕无牛。

叶县地处中原，有山地，有平原，缺水灌溉，历来只适合种旱地作物。然而，有些官吏为了邀功请赏，不管地势高低，不顾百姓的种植习惯，强迫当地老百姓将所有旱田改为水田，结果可想而知。黄庭坚受命去叶县东南部的马鞍山东港河稻田察看，看到的是郡县行空文、朝廷受虚名、坑了老百姓的现实情景，心情沉重，写下“春秧百顷粳，秋报千仓获。掉头笑应侬，吾麦自不恶。麦田不为稻，诚恐非民瘼。不知肉食者，何必苦改作”的诗句，表现出他对民间疾苦的同情，以及对那些天天吃肉、不知民情的官员的讽喻。

身为县尉，未见黄庭坚有多少办案的记录和政绩，倒是有一首诗，是在邻县舞阳县查验械斗致死案时所作。此前，黄庭坚曾在舞阳西寺的墙壁上题过诗，这次以县尉的身份重游西寺，遂再题一首诗：

万事纷纷日日新，当时题壁是前身。

寺僧物色来相访，我似昔人非昔人。

文人惺惺相惜，黄庭坚在叶县也喜结交高洁文雅之士，同道迎来送往，文士诗文唱和，留下许多诗篇。他与同年高中进士的舞阳县尉裴仲谋，相约游山玩水，常有诗词往来。其中有一首七律，记述了二人的友谊：

交盖春风汝水边，客床相对卧僧毡。

舞阳去叶才百里，贱子与公皆少年。

白发齐生如有种，青山好去坐无钱。

烟沙篁竹江南岸，输与鸬鹚取次眠。

年轻的黄庭坚虽处官场不久，但对官场已心生厌倦，追求内心的淡泊宁静，魂系山林之中，向往朴素自然的民间生活。他称自己：“豫章黄鲁直，既拙又狂痴。往在江湖南，渔樵乃其师。”他声言自己为五斗米折腰：“平生白眼人，今日折腰诺。可怜五斗米，夺我一溪乐。”这首《冲雪宿新寨忽忽不乐》，表现的就是厌恶官场的情绪：

县北县南何日了，又来新寨解征鞍。
山衔斗柄三星没，雪共月明千里寒。
小吏有时须束带，故人颇问不休官。
江南长尽捎云竹，归及春风斩钓竿。

走出衙门，来到山野田园之中，黄庭坚的心情是美好的。这首《同孙不愚过昆阳》描绘了叶县的美丽风光和诗人的愉悦心情：

田园恰恰值春忙，驱马悠悠昆水阳。
古庙藤萝穿户牖，断碑风雨碎文章。
真人寂寞神为社，坚垒委蛇女采桑。
拂帽村帘夸酒好，为君聊解一瓢尝。

黄庭坚善于借景抒怀，诗写得清新自然，富有生机和情趣。如《春近四绝句》：

其一：

闰后阳和腊里回，蒙蒙小雨暗楼台。
柳条榆荚弄颜色，便恐入帘双燕来。

其二：

亭台经雨压尘沙，春近登临意气佳。
更喜轻寒勒成雪，未春先放一城花。

其三：

小雪晴沙不作泥，疏帘红日弄朝晖。
年华已伴梅梢晚，春色先从草际归。

其四：

梅英欲尽香无赖，草色才苏绿未匀。
苦竹空将岁寒节，又随官柳到青春。

年轻的黄庭坚其实有一颗春心，写了许多首咏春诗，再看两首：

其一：

春风也似江南早，梅与辛夷斗著花。

自是无言桃李晚，莫嗔榆柳更萌芽。

其二：

雨余花色倍鲜明，最是春深多晚晴。

美酒壮人如敌国，千金一笑买倾城。

这首七律《陈氏园咏竹》借物抒怀，表达的是高洁情怀：

不问主人来看竹，小溪风物似家林。

春供馈妇几番笋，夏与行人百亩阴。

直气虽冲云汉上，高材终恐斧斤寻。

截竿可举北溟钓，欲赠溪翁谁姓任。

叶县是黄庭坚仕途的起点，他在叶县勤政为民，颇有政绩，为以后升迁打下了基础。4年后，黄庭坚参加了朝廷组织的四京学官考试，由于应试文章写得好，担任了国子监教授，入朝为官。

黄庭坚在叶县4年多，写了100多首诗。后来得到苏轼赏识，成为“苏门四学士”之一。

黄庭坚是江西九江人，是北宋后期“江西诗派”的开山之祖。江西诗派以杜甫为祖，以黄庭坚、陈师道和陈与义为宗（即“一祖三宗”）。黄庭坚的诗写得好，并提出了“点铁成金”和“夺胎换骨”等诗学理论，成为江西诗派作诗的理论纲领和创作原则，对后世的文学创作产生了深远的影响。

黄庭坚的书法独树一帜，他被称为“宋四家”之一。

蔡州教授秦观

北宋文学家、词人秦观，字少游，是婉约派的一代词宗。他的代表作《鹊桥仙》历来备受推崇：

纤云弄巧，飞星传恨，银汉迢迢暗度。
金风玉露一相逢，便胜却人间无数。
柔情似水，佳期如梦，忍顾鹊桥归路。
两情若是久长时，又岂在朝朝暮暮。

秦观早年投身苏轼名下，深得苏轼赏识，他与黄庭坚、晁补之、张耒号称“苏门四学士”。苏轼称秦观“有屈、宋之才”。 王安石赞“其诗清新妩媚，鲍、谢似之”。

秦观不仅词填得好，诗文也写得好，流传下来的词有三卷 100 多首，诗有十四卷 430 多首，文则达三十卷共 250 多篇。

秦观一生坎坷，15 岁丧父，自幼研习经史兵书。两度科考落榜，37 岁才考中进士。先是被分配到浙江定海当了个主簿，而后到河南蔡州（今河南汝南县）当了教授。

初入官场，秦观信心满满，在蔡州作五言排律《拟郡学试东风解冻》，表现了“更无舟楫碍，从此百川通”的乐观态度：

宝历开新岁，春回斗柄东。
漪生天际水，冻解日边风。
浩荡依苹起，侵寻带雪融。
江河霜练静，池沼玉奁空。
鱼藻雍容里，云霄俯仰中。
更无舟楫碍，从此百川通。

在汝南，秦观寄居寺院，生活清苦。他在《送刘贡父舍人》中感叹：

观也本诸生，早与世参商。
方枘不量凿，交亲指为狂。
末路辱公知，赐出非所望。
相期古人处，岂止事文章。
汝南虽奥区，校官实始张。
解鞅百无有，栖栖寄僧坊。
筑室从有徒，皆公借余光。
一壶千金直，所济在仓黄。
万里犹比邻，别离无足伤。
何以报公德，修好以为常。

秦观在蔡州期间有什么政绩，未见记载。从他写的诗中，看到他与诗友往来甚多，常陪官员视察，为官员起草公文。来蔡州第三年的春夏之间，蔡州发生大水灾，秦观陪知州登楼视察，并作诗两首，诗中记述了洪水围城、水淹孤村的景象。

其一：

茫茫汝水抱城根，野色偷春入烧痕。
千点湘妃枝上泪，一声杜宇水边魂。
遥怜鸿隙陂穿路，尚想元和贼负恩。
粉堞女墙都已尽，恍如陶侃梦天门。

其二：

庖烟起处认孤村，天色清寒不见痕。
车辋湖边梅溅泪，壶公祠畔月销魂。
封疆尽是春秋国，庙食多怀将相恩。
试问李斯长叹后，谁牵黄犬出东门。

秦观身在官场，能诗文，因而少不了写些恭贺祝寿的诗词。驸马都尉张敦礼生了个儿子，秦观写诗祝贺，吹捧得厉害。诗曰：

天上吹箫玉作楼，蟠桃熟后更无忧。
内家报喜车凌晓，太史占祥斗挂秋。
龙得一珠应献佛，虎生三日便吞牛。
鲁元福禄何人似，坐见张敖数子侯。

然而，官场险恶，世事艰难，秦观很快陷入了迷茫之中，新官上任时的热情不再，意在山水之间。他在写给朋友黄庭坚的诗中称“学官冷于水”：

汝南如一器，百千聚飞蚊。
终然鼓狂闹，啾啾竟谁闻。
议郎盛德后，清修继先芬。
未试霹雳手，低回从此君。
学官冷于水，齑盐度朝曛。
间蒙相暖热，破忧发孤欣。
君今又复去，冀北遂空群。
岂无一樽酒，谁与通殷勤。
大梁多豪英，故人满青云。
为谢黄叔度，鬓毛今白纷。

那年夏天，秦观得了肠胃病，卧病在床，闲看窗外，室空寺静，顿生感慨，赋诗一首：

儒官饱闲散，室若僧坊静。
北窗腹便便，支枕看斗柄。
或时得名酒，亭午犹中圣。
醒来复何事，弄笔赋秋兴。
焉知懒是真，但觉贫非病。
茫茫流水意，会有知意听。
钟鼎与山林，人生各天性。

秦观是个情种，到处拈花惹草，处处留情，写了不少情诗，填了不少艳词，留下不少故事。他的那些写给青楼女子的词作被人称为“女郎词”。在蔡州，秦观与青楼女子娄琬、陶心儿相好，为娄琬写了一首《水龙吟》，为陶心儿写了一首《南歌子》。

《水龙吟》词曰：

小楼连远横空，下窥绣毂雕鞍骤。
朱帘半卷，单衣初试，清明时候。
破暖轻风，弄晴微雨，欲无还有。
卖花声过尽，斜阳院落，红成阵、飞鸳甃。
玉佩丁东别后，怅佳期、参差难又。
名缰利锁，天还知道，和天也瘦。
花下重门，柳边深巷，不堪回首。
念多情，但有当时皓月，向人依旧。

《南歌子》词曰：

玉漏迢迢尽，银潢淡淡横。

梦回宿酒未全醒。

已被邻鸡催起、怕天明。

臂上妆犹在，襟间泪尚盈。

水边灯火渐人行。

天外一钩残月、带三星。

秦观的七律《寄题卢君斗斋》，表现了他豪气和放浪的一面：

侠气轩轩翰墨场，邅回世路鬓成霜。

出从车马行千里，归与琴书寄一方。

鸟啭入帘春欲破，炉香侵梦日初长。

扁舟会有山阳役，聊借狂夫挹酒浆。

秦观的诗更多的是表现怀才不遇、报国无门的无奈之情：

环堵萧然汝水隈，孤怀炯炯向谁开。

青春不觉书边过，白发无端镜上来。

祭灶请邻聊复尔，卖刀买犊岂难哉。

故人休说封侯事，归钓江天有旧台。

岁月蹉跎，秦观在蔡州 5 年，有了基层工作经验，经苏轼引荐为太学博士，后迁秘书省正字，兼国史院编修官，开始进京做官。

贺铸的侠骨柔情

北宋河南词人贺铸是个奇人，身长七尺，面色如铁，两道剑眉，人称“贺鬼头”。贺铸词风兼有豪放、婉约二派之长，既有英雄豪气，又有儿女情长。

贺铸字方回，又名贺三愁，人称贺梅子。祖籍山阴（今浙江绍兴），生于卫州（今河南卫辉）。他出身贵族，是宋太祖贺皇后的族孙，唐朝著名诗人、书法家贺知章的后裔。这个出身自然成为贺铸炫耀的资本：贺知章曾居庆湖（即镜湖），所以贺铸自号庆湖遗老。

贺铸为人豪爽精悍，如武侠剑客，不畏附权贵，喜论天下事。起初，贺铸娶了同宗族的女子为妻，做了个小官。有一个贵族子弟和贺铸是同事，这个人骄纵傲慢，目中无人。贺铸经过察访，掌握了这个贵族子弟偷盗公物的罪证，就将他关进密室，持杖审问，吓得这个贵族子弟惊恐万分，叩头认罪。从此以后，那些仗势欺人者都惧怕贺铸，不敢胡作非为了。

豪爽之气、侠客之风、狂士之态是贺铸的精神主体。其爱国忧时之作，悲壮激昂，接近苏轼词风。

贺铸少年时就怀有戍边卫国、建功立业的雄心壮志，可人到中年，仍是个基层小吏而无所建树，英雄豪侠无用武之地。贺铸的词中包含的不仅有人生失意的悲愤，更有对国家、民族命运的忧虑。这类词作不同于秦观等词人作品的感伤情调，而是激情的爆发，具有强烈的震撼力。如《六州歌头》，写得意气慷慨、境界阔大：

少年侠气，交结五都雄。肝胆洞，毛发耸。立谈中，死生同。一诺千金重。推翘勇，矜豪纵。轻盖拥，联飞鞚，斗城东。轰饮酒垆，春色浮寒瓮，吸海垂虹。间呼鹰嗾犬，白羽摘雕弓，狡穴俄空。乐匆匆。

似黄粱梦，辞丹凤。明月共，漾孤篷。官冗从，怀倥偬。落尘笼，簿书丛。鹖弁如云众，供粗用，忽奇功。笳鼓动，渔阳弄，思悲翁。不请长缨，系取天骄种，剑吼西风。恨登山临水，手寄七弦桐，目送归鸿。

另一首词《行路难·缚虎手》表现豪侠的困厄和纵酒狂歌的神态，具有“诗仙”李白之风，也是北宋词中罕见的别调：

缚虎手，悬河口，车如鸡栖马如狗。白纶巾，扑黄尘，不知我辈，可是蓬蒿人？衰兰送客咸阳道，天若有情天亦老。作雷颠，不论钱，谁问旗亭，美酒斗十千？

酌大斗，更为寿，青鬓长青古无有。笑嫣然，舞翩然，当垆秦女，十五语如弦。遗音能记秋风曲，事去千年犹恨促。揽流光，系扶桑，争奈愁来，一日却为长。

一个手能缚虎、口若悬河的文武奇才，当高车驷马，上黄金台，封万户侯，而今却穷困潦倒，车不大，像鸡窝，马不壮，像饿狗。只能借酒浇愁，醉生梦死，慨叹人生短促。这首《行路难》集前人诗句为词，标新立异，独树一帜。

贺铸的描绘春花秋月之作，意境高旷，语言浓丽哀婉，词风接近秦观、晏几道。如他最著名的一首《青玉案》：

凌波不过横塘路，但目送，芳尘去。锦瑟华年谁与度？月桥花院，琐窗朱户，只有春知处。

碧云冉冉蘅皋暮，彩笔新题断肠句。试问闲愁都几许？一川烟草，满城风絮，梅子黄时雨。

这首词通过对暮春景色的描写，抒发作者所感到的“闲愁”。立意新奇，想象无限，为当时传诵的名篇。贺铸的美称“贺梅子”就是由这首词的末句引来的。可见这首词影响之大。

贺铸夫人赵氏，勤劳贤惠，贺铸曾有一首《鹧鸪天·重过阊门万事非》词，追忆亡妻赵氏冒酷暑为他缝补冬衣的情景，感人至深：

重过阊门万事非，同来何事不同归。梧桐半死清霜后，头白鸳鸯失伴飞。

原上草，露初晞，旧栖新垅两依依。空床卧听南窗雨，谁复挑灯夜补衣。

贺铸词长于造语，多从唐人诗句中汲取精华，与周邦彦并称“贺周”。他曾说：“吾笔端驱使李商隐、温庭筠，当奔命不暇。”贺铸在词史上，具有独特的地位和影响。他一方面沿着苏轼的豪放之路，抒发自我的英雄豪侠气概；另一方面，语言上又承晚唐温庭筠、李商隐的婉丽风格，并影响到南宋吴文英等人。

贺铸诗也有相当成就，只是为词名所掩。他 7 岁学诗，几十年间写诗逾五六千首。经过不断删汰，自编《庆湖遗老诗集》。可见其写作之勤和数量之巨，远过于词。他曾自述学诗于前辈得八句：“平淡不流于浅俗，奇古不邻于怪僻；

贺铸《青玉案》

题咏不窘于物象，叙事不病于声律；比兴深者通物理，用事工者如己出；格见于成篇，浑然不可镌；气出于言外，浩然不可屈。”后人评价其诗“灏落轩豁，有风度，有气骨”。

"词俊"朱敦儒

北宋末年，西京洛阳号称有名士八俊，其中，陈与义是"诗俊"，朱敦儒是"词俊"，富直柔是"文俊"，都是奇才。

朱敦儒，字希真，号岩壑，出生于河南洛阳，又称伊水老人、洛川先生。他的父亲曾在宋哲宗绍圣年间担任谏官，家境优裕。朱敦儒在洛阳过着衣食无忧的生活，经常寻访洛阳一带的山川名胜。他在《雨中花》中写道：

故国当年得意，射麋上苑，走马长楸。对葱葱佳气，赤县神州。

好景何曾虚过？胜友是处相留。向伊川雪夜，洛浦花朝，占断狂游。

朱敦儒以清高自诩，皇帝多次召他做官他都不就。史书记载："敦儒志行高洁，虽为布衣，而有朝野之望。靖康中，召至京师，将处以学官，敦儒辞曰：'麋鹿之性，自乐闲旷，爵禄非所愿也。'固辞还山。"

他在著名的词作《鹧鸪天·西都作》中表达了自己的高傲与狂放：

我是清都山水郎，天教分付与疏狂。曾批给雨支风券，累上留云借月章。

诗万首，酒千觞，几曾着眼看侯王。玉楼金阙慵归去，且插梅花醉洛阳。

朱敦儒这首词的意思是：我本是天上管理山水的郎官，天性是懒散和疏狂。天帝曾批给我管理风露的诏帛，我也多次上呈留住彩云、借走月亮的奏章。诗一写就是一万首，酒一饮就是一千杯，咱何时正眼看过王侯啊！就算是到华丽的天宫里做官，我也懒得去，我就喜欢插着梅花醉卧在洛阳的山野之中。

朱敦儒 45 岁时，劫难来了。

宋钦宗靖康二年四月，金兵攻破东京（今河南开封），大肆烧杀抢掠，并将宋徽宗、宋钦宗父子掳去北国。徽、钦二帝被掳走后，徽宗的第九个儿子赵构在南京应天府（今河南商丘）即位，重建了宋朝。随后，他又携带众多官员南逃至临安（今浙江杭州），从此，北宋灭亡，南宋开始。

靖康之乱中，朱敦儒也携家南逃到南雄州（今广东南雄）。宋高宗登基不久，也想学明君们广纳贤才，所以下诏征召民间才德之士。有人向高宗推荐朱敦儒，说他有经世之才，高宗便下诏召他，朱敦儒推辞不去。到了高宗绍兴二年，又有人推荐朱敦儒，高宗再次下诏。在朋友的劝说下，朱敦儒进京去面见高宗。一番侃侃而谈，高宗大为高兴，赐他进士出身，授官为秘书省正字（大概为从八品）。不久后就兼任了兵部郎官，又升为两浙东路提点刑狱。

达则兼济天下，穷则独善其身。少有文士愿做真隐士。如果有机会，谁会不愿一展抱负呢？朱敦儒也一样，曾经声言不曾正眼看王侯，却还是希望得到君王的青睐。他虽天性散漫，也有一腔报国热血，当此国难之际，也屡屡发表主战言论。却不知宋高宗并不想与金国为敌，更不想让徽宗和钦宗还朝。因此，站在主战一方的朱敦儒，受到右谏议大夫汪勃的弹劾而被免职。此后不久，他上疏求归，高宗准许，他便回到浙江嘉禾，继续过自己的隐逸生活。

最具讽刺意味的是，宋高宗绍兴二十五年，那个卖国贼、宰相秦桧将朱敦儒的儿子授为八品删定官，让朱敦儒做了二品鸿胪少卿。秦桧起用朱敦儒这样的文人，一是为了粉饰太平，二是想让自己的儿子秦熺跟朱敦儒学诗。这次，因为爱子而畏惧秦桧，朱敦儒从了。

然而，18天后，秦桧因病死去，朱敦儒再被罢官。

这件事成为朱敦儒一生最大的污点。有人甚至专门赋诗来讥刺他："少室山人久挂冠，不知何事到长安。如今纵插梅花醉，未必王侯着眼看。"

朱敦儒不愧为"词俊"，其词作语言流畅，清新自然，对后世影响很大。朱敦儒进一步发挥了词体抒情言志的功能，不仅用词来抒发自我的人生感受，而且以词表现社会现实，诗词的功能初步合一，从而给后来的辛派词人以更直接的启迪和影响。辛弃疾《念奴娇》词就明确说是"效朱希真体"。陆游年青时曾受知于朱敦儒，为人与作词都受朱敦儒的熏陶。

朱敦儒的词分为三个阶段：早年的词风浓艳轻狂；中年的词风激昂忧愤；闲居后词风沉郁闲淡。

南渡之初，朱敦儒站在主战派一边，所写的词比较具有现实意义，多忧乱悲愤之作。他的一首《相见欢》沉痛凄怆：

金陵城上西楼。倚清秋。万里夕阳垂地，大江流。

中原乱，簪缨散，几时收？试倩悲风吹泪，过扬州。

他的一首《采桑子·彭浪矶》满怀感伤：

扁舟去作江南客，旅雁孤云。万里烟尘。回首中原泪满巾。

碧山对晚汀洲冷，枫叶芦根。日落波平。愁损辞乡去国人。

经过了仕途坎坷，看惯了人生冷暖，朱敦儒后来的词充满了浮生若梦的感叹：

世事短如春梦，人情薄似秋云。不须计较苦劳心，万事原来有命。幸遇三杯酒好，况逢一朵花新。片时欢笑且相亲，明日阴晴未定。

另一阕《西江月》表现的是醉生梦死的生活：

日日深杯酒满，朝朝小圃花开。自歌自舞自开怀，且喜无拘无碍。青史几番春梦，黄泉多少奇才。不须计较与安排，领取而今现在。

晚年的朱敦儒又怀念其早年洛阳的生活来，只是再无“几曾着眼看侯王”的轻狂，多了几分闲淡和无奈：

元是西都散汉，江南今日衰翁。从来颠怪更心风，做尽百般无用。

屈指八旬将到，回头万事皆空。云间鸿雁草间虫，共我一般做梦。

「诗俊」陈与义的家国情怀

陈与义是南北宋之交的爱国诗人，生于内忧外患之际，师尊杜甫，其诗也颇有杜甫之风。

陈与义是洛阳人，号称“诗俊”，与“词俊”朱敦儒和“文俊”富直柔同列洛中八俊。

24岁时，陈与义考中进士，授开德府（今河南濮阳）教授。而后升太学博士，进升为符宝郎，掌皇帝八宝及国之符节。不久却被贬到开封附近的陈留郡（今河南杞县）当了个监管酒税的小官。

在濮阳当教授时，陈与义作诗多首，颇有些怀才不遇。如这首七律《次韵周教授秋怀》：

一官不办作生涯，几见秋风卷岸沙。
宋玉有文悲落木，陶潜无酒对黄花。
天机袞袞山新瘦，世事悠悠日自斜。
误矣载书三十乘，东门何地不宜瓜。

靖康二年四月，金兵攻入宋都汴京（今河南开封），掳走宋徽宗、宋钦宗二帝，北宋遂亡。陈与义自陈留避难南逃，颠沛流离。他流亡到洞庭湖，几次登岳阳楼，与朋友悲伤国事，借酒消愁，写下了数首诗歌以记其事，其中有多首《登岳阳楼》。

其一：

洞庭之东江水西，帘旌不动夕阳迟。
登临吴蜀横分地，徙倚湖山欲暮时。
万里来游还望远，三年多难更凭危。
白头吊古风霜里，老木沧波无限悲。

其二：

岳阳壮观天下传，楼阴背日堤绵绵。

草木相连南服内，江湖异态栏干前。

乾坤万事集双鬓，臣子一谪今五年。

欲题文字吊古昔，风壮浪涌心茫然。

经历了北宋、南宋之变，诗人的作品风格变得沉郁悲壮，有点杜甫老先生的味道。

辗转到达南宋首都绍兴（今浙江绍兴）后，陈与义被任命为礼部侍郎。不久，到湖州（今浙江湖州市吴兴区）当知州。这年二月，被召入朝为给事中。当看到高宗偏安江南，无意收复中原时，陈与义很失望，借病辞职，卜居青墩。青墩是一小镇，在湖州之南。

在青墩，陈与义作《虞美人·扁舟三日秋塘路》：

扁舟三日秋塘路。平度荷花去。病夫因病得来游。更值满川微雨、洗新秋。

去年长恨拿舟晚。空见残荷满。今年何以报君恩。一路繁花相送、过青墩。

陈与义亦擅作词，他的词作以清婉秀丽为主要特色。

陈与义晚年时常回忆家乡洛阳，《牡丹》一诗怀念家乡的牡丹：

一自胡尘入汉关，十年伊洛路漫漫。

青墩溪畔龙钟客，独立东风看牡丹。

《临江仙·夜登小阁忆洛中旧游》一词充满了对家乡的思念之情：

忆昔午桥桥上饮，坐中多是豪英。

长沟流月去无声。杏花疏影里，吹笛到天明。

二十余年如一梦，此身虽在堪惊。

闲登小阁看新晴。古今多少事，渔唱起三更。

这首词，有苏轼之风。词中，“杏花疏影里，吹笛到天明”被赞为佳句。

《送人归京师》表现了诗人对复国无望的忧愁：

门外子规啼未休，山村日落梦悠悠。

故园便是无兵马，犹有归时一段愁。

《次韵尹潜感怀》表现的是一个放臣的无奈：

胡儿又看绕淮春，叹息犹为国有人。

可使翠华周宇县，谁持白羽静风尘。

五年天地无穷事，万里江湖见在身。

共说金陵龙虎气，放臣迷路感烟津。

此时金兵渡过淮河，逼近长江，临安也危在旦夕。国难当头，山河破碎，虽有“金陵龙虎气”，却改变不了屈辱的现状。诗人悲愤，放臣无奈，谁来挽救江山于既倒呢？

男儿应唱《满江红》

南宋抗金英雄岳飞，是河南人的骄傲。他的爱国情怀、抗金功绩名垂史册，他的一首《满江红·怒发冲冠》千古传唱。

岳飞出生于河南汤阴县的一个普通农家。传说岳飞出生时，有大禽若鹄，飞鸣室上，故父母给他取名飞，字鹏举。

岳飞少年立志，喜读《左氏春秋》《孙吴兵法》等书。学习骑射，能左右开弓。学习刀枪之法，武艺“一县无敌”。

岳飞20岁开始从军，英勇杀敌，屡建战功。岳母在岳飞后背刺上“尽忠报国”四字为训。岳飞牢记母亲教诲，投身抗金前线。

岳飞征战十余年间，率领岳家军同金军进行了大小数百次战斗，所向披靡：收复建康（今江苏南京），收复襄阳六郡，名扬洞庭，两度北伐，击溃敌军，战果辉煌。

金兀朮毁盟攻宋，岳飞挥师北伐，先后收复郑州、洛阳等地，又于郾城、颍昌大败金军，进军朱仙镇。宋高宗、秦桧却一意求和，以十二道“金字牌”下令退兵，岳飞在孤立无援之下被迫班师。在宋、金议和过程中，岳飞遭受秦桧、张俊等人的诬陷，被捕入狱，被朝廷以“莫须有”的“谋反”罪名，与长子岳云和部将张宪同被杀害。宋孝宗时岳飞冤狱被平反，改葬于西湖畔栖霞岭。追谥武穆，后又追谥忠武，封鄂王。

作为领兵打仗的将帅，岳飞留下诗词作品不多，仅有词3首，诗10多首，题记几篇，但他的文学才能却是将帅中少有的。

他的《满江红·怒发冲冠》慷慨激昂，豪情满怀，气吞山河，文采飞扬，千古流传，万人景仰，令多少诗人汗颜，使多少战士受到鼓舞：

怒发冲冠，凭栏处、潇潇雨歇。抬望眼，仰天长啸，壮怀激烈。三十功名尘与土，八千里路云和月。莫等闲、白了少年头，空悲切！

靖康耻，犹未雪。臣子恨，何时灭！驾长车，踏破贺兰山缺。壮志饥餐胡虏肉，笑谈渴饮匈奴血。待从头、收拾旧山河，朝天阙。

岳飞还有另外一首满江红词，叫《满江红·登黄鹤楼有感》：

遥望中原，荒烟外、许多城郭。想当年，花遮柳护，凤楼龙阁。万岁山前珠翠绕，蓬壶殿里笙歌作。到而今、铁骑满郊畿，风尘恶。

兵安在？膏锋锷。民安在？填沟壑。叹江山如故，千村寥落。何日请缨提锐旅，一鞭直渡清河洛。却归来、再续汉阳游，骑黄鹤。

这首《满江红·登黄鹤楼有感》创作时代较《满江红·怒发冲冠》略早，是岳飞收复襄阳六州时所作。他虽然登黄鹤楼，作“汉阳游”，但心情是无法平静的。遥望中原，抚今追昔，江山如故，千村寥落，诗人盼望着“何日请缨提锐旅，一鞭直渡清河洛”。

岳飞的另一首词《小重山·昨夜寒蛩不住鸣》，较以上两首《满江红》，词风变得曲折委婉，表现的是他的壮志难酬的孤愤之情：

昨夜寒蛩不住鸣。惊回千里梦，已三更。起来独自绕阶行。人悄悄，帘外月胧明。

白首为功名。旧山松竹老，阻归程。欲将心事付瑶琴。知音少，弦断有谁听？

这首词虽然短小，但抑扬顿挫，情景交融，多用比喻，含蓄隽永，明丽婉转，艺术手法是很高超的。

岳飞的七绝诗《题青泥市寺壁》，题于青泥市（今江西新干县境）萧寺壁间。此时，抗金局势一派大好，但以秦桧为首的投降派正加紧与金议和。诗中表达了收复失地、洗雪靖康之耻的坚定信念，展示了岳飞高洁的人格和节操。

雄气堂堂贯斗牛，誓将直节报君仇。

斩除顽恶还车驾，不问登坛万户侯。

岳飞的另外几篇题记《五岳祠盟记》《广德军金沙寺壁题记》《东松寺题记》《永州祁阳县大营驿题记》，或长或短，有的如辞赋，有的似散文，皆为美文。

岳飞的书法以行草为主，畅快淋漓，龙腾虎跃，气韵生动，章法严谨，自有一种淳正之气。传世书迹有《书谢朓诗》、前后《出师表》等。

我敬仰岳飞，他救黎民于水火，解百姓于倒悬，为国尽忠，慷慨赴国难。

他坚持崇高的民族气节，坚持了抗金的正义斗争，保住了南宋半壁河山，使南中国人民免遭金人的蹂躏，为汉民族的文明绵延起了中流砥柱的作用！

他是中国历史上著名军事家、战略家。前人在总结岳飞的治军思想时指出有六个方面：贵精不贵多；谨训习；赏罚公正；号令严明；严肃纪律；同甘苦。岳家军战斗力极强，金人也赞叹："撼山易，撼岳家军难！"

他勇冠三军，身先士卒。岳飞可以"挽弓三百斤，弩八石，能左右射"。在与敌人作战时，他左手拉着弓，右手拿着矛，冲击敌阵，杀得敌人溃不成军。

他生活俭朴，律己宽人，爱兵如子，赏罚分明。他与将士同甘苦，常与士卒最下者同食；士卒伤病，他亲自抚问；士卒家庭困难，他让相关机构多赠银帛；将士牺牲，他厚加抚恤。

他事母至孝。他把母亲接到军营中后，侍奉唯恐不周，每晚处理好军务，便到母亲处问安。当母亲生病时，他亲尝汤药，跪送榻前，连走路都微声屏气而行，生恐吵扰了母亲休息。凡遇率军出征，必先嘱咐妻子李娃，好好侍奉母亲。

他文采横溢，有儒将风范。他是寂寞英雄，满腔抱负，无人赏识，"欲将心事付瑶琴。知音少，弦断有谁听？"

奇秀清逸梅溪词

南宋词人史达祖，字邦卿，号梅溪，河南开封人，是南宋婉约派的重要词人。

史达祖一生经历并不复杂：多次参加“高考”落榜，未走通科举之路。后来给权臣韩侂胄当“机要秘书”，负责起草文书。韩侂胄北伐金国失败，被杨皇后暗杀，史达祖受牵连，受黥刑（脸上刻上墨字），被流放江汉，死于困顿潦倒之中。

史达祖的时代，南宋偏安一隅，朝廷不思复国，士大夫沉湎声色，词人多吟风弄月。请看史达祖的这首《临江仙·闺思》，写的就是温柔之乡的怨女秋思：

愁与西风应有约，年年同赴清秋。旧游帘幕记扬州。一灯人著梦，双燕月当楼。

罗带鸳鸯尘暗澹，更须整顿风流。天涯万一见温柔。瘦应因此瘦，羞亦为郎羞。

南宋词人流行结社，聚在一起填词作诗，吟咏唱和，史达祖是个活跃分子。他的词在圈子里备受称赞，影响很大，还出了一本词集《梅溪词》。同为婉约词人的姜夔、张镃为《梅溪词》作序。姜夔赞史达祖的词“奇秀清逸，有李长吉（李贺）之韵”。张镃称史达祖的词比柳永词强多了：“而纷纷三变行辈，几不足比数。”

史达祖的婉约词的确写得好，他的词很雅致，尤以咏物为长。这首《双双燕·咏燕》是史达祖的代表作：

过春社了，度帘幕中间，去年尘冷。差池欲住，试入旧巢相并。还相雕梁藻井，又软语、商量不定。飘然快拂花梢，翠尾分开红影。芳径，芹泥雨润。

爱贴地争飞，竞夸轻俊。红楼归晚，看足柳昏花暝。应自栖香正稳，便忘了天涯芳信。愁损翠黛双蛾，日日画阑独凭。

这是一首很精美的咏物词，全词虽然没有一字提及“燕”，但又没有一句不是在写“燕”。借燕咏怀，借燕喻人，表达对人生的感慨。

这首《绮罗香·咏春雨》也是一首咏物词，用语雅丽，意境清幽，足够婉约：

做冷欺花，将烟困柳，千里偷催春暮。尽日冥迷，愁里欲飞还住。惊粉重、蝶宿西园，喜泥润、燕归南浦。最妨它、佳约风流，钿车不到杜陵路。

沈沈江上望极，还被春潮晚急，难寻官渡。隐约遥峰，和泪谢娘眉妩。临断岸、新绿生时，是落红、带愁流处。记当日、门掩梨花，剪灯深夜语。

词人用纤细之笔，淡淡地描绘了一幅惜春图：烟雨迷离，蝶飞燕归；远山隐约如佳人媚眼含泪，江上春潮对岸上新绿；落红流水，佳人思春，犹忆当年，几分愁绪。

这首《东风第一枝·咏春雪》写春雪，写初春景色，写得淡雅、新颖、细腻：

巧沁兰心，偷黏草甲，东风欲障新暖。谩凝碧瓦难留，信知暮寒轻浅。行天入镜，做弄出，轻松纤软。料故园、不卷重帘，误了乍来双燕。

青未了、柳回白眼。红欲断、杏开素面。旧游忆著山阴，厚盟遂妨上苑。寒炉重暖，便放慢、春衫针线。恐风靴、挑菜归来，万一灞桥相见。

史达祖生于忧患，一介书生，科举不中，报国无门，做一个幕僚，仰人鼻息，日子并不好过，内心充满了矛盾和纠结。写风花雪月，春思秋愁，是对现实的逃避，实属无奈。他的一部分词，反映了那个时代文人的内心矛盾和痛苦，表达了家国之痛。

《满江红·书怀》是自述身世的咏怀之作，自怨自艾，心有不平：

好领青衫，全不向、诗书中得。还也费、区区造物，许多心力。未暇买田清颍尾，尚须索米长安陌。有当时黄卷满前头，多惭德。

思往事，嗟儿剧；怜牛后，怀鸡肋。奈棱棱虎豹，九重九隔。三径就荒秋自好，一钱不值贫相逼。对黄花常待不吟诗，诗成癖。

词人感叹，以自己的满腹才华，只换来青衫，要想学古代许由之类的“高士”，谈何容易！一介寒士，尚且要向权贵“索米”过活，又何来“买田”隐居呢？

《龙吟曲·陪节欲行留别社友》表达了忧国忧民之情：

今日征夫在道，敢辞劳，风沙短帽？休吟稷穗，休寻乔木，独怜遗老。同社诗囊，小窗针线，断肠秋早。看归来，几许吴霜染鬓，验愁多少！

写这首词时，史达祖是作为南宋的使臣前往金国为金章宗完颜璟祝寿。中原故土，已成他国，怎不让人心中充满忧愤之情，怎不让诗人感叹断肠秋早、验愁多少！

史达祖的词，清雅婉约之中，春山秋水之间，有一种淡淡的忧愁和悲凉，这是词人的无奈，是时代的悲哀。